국어과 선생님이 뽑은

한국문학읽기
한국고전읽기
세계문학읽기

국어과 선생님이 뽑은 셰익스피어

베니스의 상인

셰익스피어 지음 / 김재남 옮김

북·앤·북

국어과 선생님이 뽑은 셰익스피어 베니스의 상인

초판 1쇄 | 2012년 2월 15일 발행

지은이 | 셰익스피어
옮긴이 | 김재남
엮은이 | dskimp2004@yahoo.co.kr
교   정 | 이정민
디자인 | 인지숙
일러스트 | 이혜인
펴낸이 | 이경자
펴낸곳 | 북앤북

주소 | 서울 마포구 월드컵로 11길 35, 101동 502호
전화 | 02-336-9948
팩시밀리 | 02-337-4315
등록 | 제 313-2008-000016호

ISBN 978-89-89994-70-1 03840

이 책에 수록된 작품은 〈동서 그레이트북〉 시리즈로
번역된 것을 개정·편집하였으며 표기는 '한글 맞춤법' 과
'외래어 표기법' 을 따랐습니다.

세익스피어 베니스의 상인을

에게 드립니다

샤일록

돈 많은 유대인

포셔

돈 많은 여상속인

안토니오

베니스의 상인

바사니오

안토니오의 친구

네리사

포셔의 시녀

그라시아노

안토니오의 친구

베니스의 상인

제1막

제1막 제1장

베니스의 부두.

안토니오, 살레리오, 솔라니오 등장.

안토니오 아, 왜 이렇게 마음이 우울할까. 답답해 죽겠어!
나 때문에 자네들까지 답답하다고? 대체 이 답답증은
어디서 어떻게 걸린 것인지 또 어떻게 만나게 된 것인
지 그리고 대체 이 병은 무엇으로 되어 있고 어디서 튀
어 나온 것인지 도무지 알 수가 없어. 이 답답증 때문에
난 멍청이가 되어버려 내 자신조차 가누지 못할 지경이
라네.

살레리오 자네 마음은 망망대해에서 흔들리고 있는 걸세.
자네의 상선들은 당당한 돛을 달고 바다의 귀족이나 부

호들처럼 — 아니, 바다의 꽃 수레라고나 할까? — 굽실대고 황공해 하는 작은 배들을 본체만체 날개 같은 돛을 달고 쏜살같이 날아가고 있으니 말일세.

솔라니오   아무튼 나 같은 사람이 그런 모험을 한다면 대부분은 바다 위에 마음이 떠 있을 거야. 풀잎을 뽑아 풍향을 알아보고 부두나 정박할 곳을 찾느라고 지도와 씨름을 하고 있겠지. 그러니 선박에 조금이라도 걱정될 만한 일이 생기면 마음이 우울해지고말고.

살레리오   나 같은 사람은 수프를 훅훅 불어 식히는 입김만 보더라도, 이게 만일 바다에서 일어나는 큰 태풍이라면 어쩌나 하는 생각에 학질에 걸리고 말 거네. 모래시계에서 모래가 흘러내리는 것을 보면 여울이나 갯바닥을 연상하게 될 거고, 물건을 가득 실은 나의 앤드루 호가 모래에 박혀 돛대 꼭대기가 늑재 아래로 쓰러지면 무덤에 키스하는 장면을 상상할 거야. 또 교회의 성스러운 석재 회당만 보더라도 험한 암석이 눈앞에 선할 테고…… . 이 암석이 배 옆구리에 닿기만 하면 향료는 바다에 몽땅 흩어질 것이고 파도는 비단옷으로 장식될 것이 아닌가?

말하자면 지금까지 쥐고 있던 막대한 재산이 순식간에 날아가 버릴 판국이니 그런 사고를 상상하면 우울해지지 않을 수 없다는 것쯤은 나도 안다네. 안토니오, 자네가 상선이 걱정되어 답답해 하고 있다는 것쯤은 나도 알고 있어.

안토니오 그런 것이 아니네. 다행히 나는 배 한 척에만 투자를 한 것도 아니고 돈을 빌려 준 곳도 한두 군데가 아니라네. 게다가 전 재산이 금년 한 해의 운수에만 달려 있는 것도 아니야. 그러니 내가 사업 때문에 답답한 건 아닐세.

솔라니오 그럼 연애를 하고 있나 보군?

안토니오 원, 천만에!

솔라니오 연애도 아니라고? 그렇다면 즐겁지가 않으니 답답한 거라고 해둘까? 말하자면 슬프지 않은 게 즐거운 거나 같지 않겠어? 그건 그렇고 쌍두의 제이너스 신에게까지 맹세하지 않더라도 조물주는 정말 묘한 인간들을 만들어 놓았지. 글쎄, 우습지도 않은 자루피리 소리만 들어도 밤낮 앵무새같이 눈을 가늘게 뜨고 깔깔대는 자가 있는가 하면, 어떤 자는 저 현명한 네스터가 재미있다고 보증하는 농담조차도 언제나 이맛살을 찌푸리면서 절대로 이를 드러내어 웃지 않는 자도 있거든.

바사니오, 로렌조, 그라시아노 등장.

솔라니오 자네의 가장 친한 친구인 바사니오가 오는군. 그라시아노와 로렌조도 같이……. 마침 좋은 친구들이 왔으니 우리는 이만 실례하겠네.

살레니오 나도 좀더 같이 있으면서 자네의 마음을 위로해 줄까 했지만 더 훌륭한 친구들이 왔으니 이만 가봐야겠네.

안토니오 자네들도 내게는 훌륭한 친구들이네. 볼일들이

있었는데 마침 잘됐다 하고 달아날
모양이지?

살레리오   어서들 오게. 반갑네.

바사니오   (다가오면서) 여, 친구들,
오래간만일세. 언제 한잔하지
않겠나? 언제가 좋을까? 어색
하게 정말 그러기야?

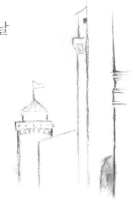

살레리오   나중에 틈이 나면 다시 만나세. (살레리오와 솔라
니오 퇴장)

로렌조   바사니오 씨, 안토니오 씨를 만났으니 저희들 두
사람은 이만 가보겠습니다. 그렇지만 점심때는 약속 장
소를 부디 잊지 마십시오.

바사니오   염려 말게.

그라시아노   안토니오, 안색이 좋지 않군그래. 너무 지나치
게 세상사를 걱정하기 때문일세. 모처럼 손에 넣어봤자
마음고생을 너무 하면 결국은 손해거든. 사람이 이렇게
변해버려서야 원.

안토니오   여보게, 그라시아노. 나는 세상사를 그저 세상

사로밖에 보지 않네. 말하자면 이 세상은 하나의 무대라고나 할까, 누구나 한 가지 역을 맡고 있지. 내가 맡은 역은 우울한 남자 역할이야.

그라시아노　　그렇다면 난 광대역이나 맡아서 즐겁게 웃으며 주름이나 잔뜩 생기게 해야겠군. 상심한 채 심장을 차갑게 식히느니보다는 차라리 술이라도 마셔서 간을 뜨겁게 하겠어. 따뜻한 피가 흐르는 인간이라면 석고상같이 가만히 앉아 있는 노인처럼 눈을 뜬 채 졸면서 심술 때문에 황달병에 걸릴 필요는 없을 테니 말이야.

그런데 안토니오, 난 자네를 좋아하네. 좋아하니까 이런 말도 하네만……, 세상에는 신기한 사람도 다 있다네. 물이 고인 연못처럼 얼굴에 막을 쓰고서는 지혜롭다느니 신중하다느니 사려 깊다느니 하는 세상의 평을 받고 싶어 일부러 침묵을 지키며, '나는 예언자다, 내가 입을 열 때는 개도 못 짖게 하라.'고 말하는 족속들 말일세. 오, 안토니오, 난 그런 작자들을 알고 있는데 말을 하지 않는 걸로 현명한 사람 취급을 받지. 그런데 그것들이 일단 입을 열었다 하면 곁에서 듣고 있던 사람

은 그 어리석은 소리에 귀를 틀어막을 수밖에 없다네.
아니, 이런 얘기는 나중에 더 자세히 하겠네. 그러니 우
울증의 미끼를 가지고 세상의 평이라는 멍청한 잉어 새
끼를 낚지는 말게……. 여보게, 로렌조. 우린 이만 가세.
내 설교는 점심 후에나 끝맺기로 하지.

로렌조 그럼 이따가 다시 뵙겠습니다. 저는 방금 말한
그 벙어리 군자나 될 수밖에요. 이 그라시아노 씨가 어
디 말할 기회를 줘야죠.

그라시아노 앞으로 나와 이태만 더 사귀어 보게. 자네는 자
네 목소리조차 잊고 말 테니까.

안토니오 잘들 가게. 이젠 나도 좀 수다스러워져야 하겠
는걸.

그라시아노 고맙네. 침묵이 칭찬받는 건 암소의 마른 혀나
안 팔린 노처녀밖에 없다네. (그라시아노와 로렌조 퇴장)

안토니오 그런 걸 다 말이라고 하다니!

바사니오 그라시아노는 어지간히 허풍을 떠는군. 그 점에
있어서는 베니스에서 최고일 거야. 그자의 말 가운데 이
치에 맞는 말이라고는 겨 속에 섞여 있는 두 알의 밀알

찾듯 온종일 수고를 해야만 찾
아볼 수나 있을까? 하긴 그렇
게 찾아내 봤자 그만한 가치
도 없는 것이지만……

안토니오　그건 그렇고, 어서 애
기해 보게. 자네가 남몰래 찾아
가 보겠다던 그 처녀 말일세. 오늘은 애
기해 주겠다고 약속하지 않았나?

바사니오　여보게, 자네도 모르는 바 아니지만 미약한 내
재력을 도저히 감당하지 못할 정도로 한 호화스러운 생
활 덕분에 내 재산은 거의 탕진되고 말았네. 지금 나의
큰 근심은 그 호화스러운 생활과 작별하고 싶지 않아서
그런 게 아니라 어떻게 해서든지 빚을 청산하려는 것일
세. 지나친 낭비로 짊어진 빚 말이야……. 여보게, 안토
니오. 금전으로 보나 우정으로 보나 난 자네와의 우정
을 믿고 내 계획과 의도를 모두 털어놓겠네.

안토니오　여보게, 바사니오. 모두 얘기해 보게. 자네가 그
러지는 않을 거라고 생각하지만 체면이 손상되는 일만

아니라면 내 돈주머니고 내 몸뚱이고 내 힘으로 할 수 있는 모든 것으로 자네를 돕겠네.

바사니오   어린 시절 얘기인데 화살을 잃으면 난 그 화살을 찾기 위해 다른 화살을 같은 높이와 같은 방향으로 신중히 겨냥을 하고 쏜 적이 있다네. 이렇게 두 번을 모험한 끝에 화살을 둘 다 찾은 적이 한두 번이 아니었어. 순전히 유치한 내용이지만 이렇게 어릴 때의 경험을 얘기하는 이유는, 고얀 말 같지만 그동안 자네한테 진 많은 빚은 떼인 셈 치라는 걸세. 그렇지만 한 번만 더 첫 번째와 같은 방향으로 화살을 쏘아 준다면 과녁은 내가 눈여겨볼 테니 반드시 둘 다 찾게 되든가 적어도 나중 것만이라도 찾아내면 처음 것에 대한 채무만 남게 될 것이 아닌가?

안토니오   자네가 더 나를 잘 알지 않나! 그런 식으로 멀찌감치 서서 내 우정을 떠보는 건 시간 낭비네. 첫째, 내

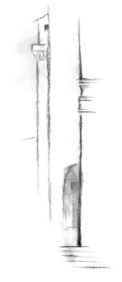

가 자네를 위하여 최선을 다해 줄 것인지를 의심하다니, 이건 자네가 내 재산을 몽땅 탕진해 버리는 것보다 더한 모욕이야. 그러니 내 힘으로 할 수 있는 일이라면 말만 하게, 기꺼이 돕겠네. 자, 말해 봐.

바사니오   다른 게 아니라 벨몬트에 엄청난 유산을 물려받은 여자가 있는데 용모도 용모지만 그보다는 인품이 비상하고 고결한 여자라네. 정숙한 그녀에게서 다정한 시선을 느끼곤 했지……. 포셔라는 이름의 케이토의 딸로서, 저 유명한 로마의 브루투스의 아내였던 포셔에 비하여 조금도 손색이 없을뿐더러, 정숙하다는 소문이 세상에 널리 퍼져서 동서남북 할 것 없이 각지로부터 유명한 구혼자들이 밀려들고 있다네. 황금 양털처럼 그녀의 빛나는 금발이 이마에 늘어져 있기 때문인지, 옛날 신화에 제이슨이 찾아갔다는 콜코스 해안처럼 그녀가 살고 있는 벨몬트에는 수많은 구혼자들이 그녀를 찾는다지.

내가 말하고 싶은 것은 안토니오, 그들과 경쟁할 만한 재력만 있다면 내 예감이지만 반드시 성공하여 행운을 누릴 수 있을 것 같다는 것이네.

안토니오 그런데 자네도 알다시피 내 전 재산은 바다 위에 있거든. 내 수중에는 현금도 없고 팔 상품도 없으니……. 그럼 돈을 빌리러 가보세. 베니스 시내에서 내 신용을 담보로 돈을 빌려 보자구. 어떻게든 최선을 다해 보세나. 벨몬트의 아름다운 포셔를 찾아갈 여비쯤은 어떻게 되겠지……. 어서 가서 돈을 얻을 만한 곳을 알아보게, 나도 알아보겠네. 내 신용으로나 친분으로나 얼마의 돈은 얻을 수 있을 거네. (모두 퇴장)

제1막 제2장

벨몬트, 포셔의 저택 홀.

무대 뒤쪽에 복도가 있고 그 끝에 구석진 작은 방으로 통하는 입구가 있으며, 이 작은 방은 커튼으로 가려져 있다. 포셔와 시녀 네리사 등장.

포 셔   네리사, 내 조그만 몸은 이 커다란 세상이 정말로 싫어졌단다.

네리사   그러실 거예요, 아가씨. 아가씨가 누리는 행복만큼 불행도 그렇게 많다면 그럴지도 모르죠. 사람이란 너무 행복에 겨우면 가난에 쪼들릴 때와 마찬가지로 괴로울 수도 있어요. 그러니 중간 정도의 행복도 흔한 경우가 아니죠. 팔자가 너무 좋아도 머리가 금방 센다니 적당히 행복해야 장수한다지 않아요?

포 셔   맞는 이치인데다 말도
잘하는구나.

네리사   이 이치를 잘 지키면
정말 좋을 거예요.

포 셔   누가 아니래. 선행을 실
천하기가 선행을 알고 있는 것처럼 쉽다
면야. 조그마한 예배당도 큰 교회당과 같을 것이고 오
두막집도 성이나 다름없을 것 아니냐. 뒤에서 호박씨 깐
다고 하지 않니. 나만 하더라도 이십 명에게 선행을 가
르치기는 쉽겠지만 실천을 하라면 손들 거야……. 머릿
속에서는 아무리 감정을 억제하는 법칙을 세워도 젊은
혈기는 그런 냉정한 명령쯤 뛰어 넘어버리지 않니? 청
춘은 미친 토끼 같다고나 할까, 절름발이 같은 이성의
그물쯤은 뛰어넘고 마는 걸.

그렇다고 이런 이치를 따져 봤자 남편감이 골라지는 것
도 아니고. 아, 원망스러운 이 고른다는 말……. 마음에
드는 사람을 택하지도 못하고 싫은 사람을 퇴짜 놓지도
못하는 내 신세 좀 보렴. 살아있는 딸의 뜻이 죽은 아버

지의 유언에 이렇게까지 제한을 받아야 하다니……. 얘, 네리사, 선택도 거절도 마음대로 하지 못하다니 좀 가혹하지 않니?

네리사 아버님은 참 훌륭한 분이셨어요. 성인이 운명하실 때는 현명한 생각이 떠오른다고 하잖아요. 그래서 아버님께서는 금과 은과 납, 세 개의 궤 속에 제비를 넣어 놓고 그 어른의 뜻을 고른 사람이라야 아가씨를 차지할 수 있게 해 놓으셨으니, 진정으로 아가씨를 사랑하는 분이라야만 그 제비를 뽑을 수 있을 거예요. 아가씨는 지금까지 찾아온 왕족이나 귀족의 청혼자들 중에 혹시 마음에 드는 분이라도 있으셨는지요?

포 셔 그럼 한 분 한 분 이름을 대 봐라. 이름을 대면 내가 그의 인품을 말할 테니 그것으로 내 마음속을 짐작하려무나.

네리사 첫째, 나폴리 왕이 있었습니다.

포 셔 아, 그분은 망아지나 다름없었어. 그래서 그런지 밤낮 자기 말 얘기만 하더구나. 손수 말에다 편자를 신길 수 있다는 것을 굉장히 자랑스러워했지. 그분 어머니와 대장장이 사이에 뭔가 있었는지도 몰라.

네리사   다음엔 팔라틴 백작입니다.

포　셔   그 사람은 인상을 찌푸리는 것밖에 모르면서 마치, '내가 싫거든 맘대로 하라!'는 것 같지 않았어? 재미있는 얘기를 들어도 웃지도 않으니 아마 그런 분이 늙으면 비관 철학자가 되지 않을까. 글쎄, 젊은 사람이 그렇게 청승맞은 표정으로 있어서야……. 그런 이와 결혼하느니 차라리 뼈다귀를 물고 있는 해골하고 결혼하겠어. 그런 작자들은 정말 꼴도 보기 싫더구나. 하느님, 그런 사람들로부터 저를 지켜주소서!

네리사   그럼 프랑스 귀족 르봉 씨는 어떠세요?

포　셔   그분도 신이 만드셨으니까 사람대접은 해 주겠어. 남의 흉을 보는 것이 죄가 된다는 것쯤은 나도 알고 있지만 그분은 참 기가 막힐 정도야. 글쎄, 말에 관해서라면 나폴리 왕을 뺨칠 정도요, 찌푸리는 버릇으로 말하자면 팔라틴 백작보다 한술 더 뜨는걸! 개성이 없는 소인이라서 그런지 지빠귀가 울면 단박 깡충대며 자신의 자화상하고도 싸울 사람이야. 그런 수다쟁이와 결혼

한다면 수십 명의 남편을 얻은 거나 마찬가지가 되지 않겠니? 그분이 날 미워하더라도 난 용서해 주겠어. 미칠 듯이 날 사랑하더라도 난 조금도 마음이 없으니 말이다.

네리사　그럼 영국의 젊은 포큰브리지 남작은 어떠세요?

포　셔　그 남작과는 어디 말이 통해야지. 그쪽에선 내 말을 못 알아듣고 난 그쪽 말을 못 알아들으니 말이다.

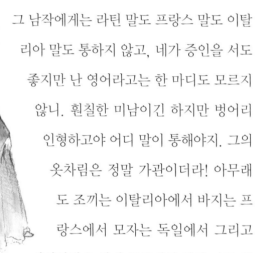

그 남작에게는 라틴 말도 프랑스 말도 이탈리아 말도 통하지 않고, 네가 증인을 서도 좋지만 난 영어라고는 한 마디도 모르지 않니. 훤칠한 미남이긴 하지만 벙어리 인형하고야 어디 말이 통해야지. 그의 옷차림은 정말 가관이더라! 아무래도 조끼는 이탈리아에서 바지는 프랑스에서 모자는 독일에서 그리고 예의범절은 세계 곳곳에서 각각 따로 사들인 모양이야.

네리사　그분의 이웃 나라에서 오신 스코틀랜드의 귀족은 어떻게 생각하세요?

포 셔　그 사람은 이웃간에 인심이 좋더구나. 글쎄, 저 영국인한테 따귀를 한 대 얻어맞자 형편이 피면 꼭 갚겠다고 하는 거야. 이 사건은 그 프랑스 나리가 보증을 서고 도장까지 찍은 모양이더군.

네리사　그럼 색소니 공작의 조카 되시는 저 젊은 독일인은요?

포 셔　그분은 아침에 멀쩡한 때도 고약하지만 저녁때 술에 취하면 이만저만 고약하지가 않더구나. 가장 좋을 때도 인간 이하이고 가장 나쁠 때는 짐승이나 별 차이가 없었어! 그러니 최악의 경우가 오더라도 그의 신세는 지지 않도록 해야지.

네리사　하지만 만약 그분이 궤를 고르겠다고 덤벼들어서 바른 궤를 골라냈는데도 아가씨가 거절하시면 그건 아버님의 유언을 거역하는 것이 되지 않을까요?

포 셔　그러니 제발 그런 일이 없도록 엉뚱한 궤 위에 라인산 포도주를 가득 따른 술잔을 갖다 놓아 줘. 그렇게 하면 그 궤 속에 악마가 들어 있어도 술이라는 유혹 때문에라도 그 궤를 고르고 말겠지. 네리사, 난 무슨 일

이 있더라도 그런
술꾼하고는 결혼하
지 않겠어.

네리사 염려 마세
요, 아가씨. 그분들
누구와도 결혼하지
않게 될 테니까요.
그분들이 다들 고

국으로 돌아가면서 말씀하기를, 청혼 문제로 다시는 아
가씨를 괴롭히지 않겠다고 했으니까. 물론 궤를 골라야
하는 아버님의 유언 이외에 딴 방법으로 결혼할 수 있
다면 얘기가 다르지만요.

포　셔 내가 시빌러처럼 모래알만큼 많은 나이를 먹는
다 할지라도 아버지 유언대로 결혼을 하지 못한다면 달
의 여신처럼 독신으로 살다 죽을 테야. 어쨌든 구혼자
들이 그렇게 체면을 차리니 고맙구나. 떠나지 않으려는
사람은 한 사람도 없으니 말이다. 제발 하느님 덕분에
편히 돌아가시기만 바랄 뿐이다.

네리사   아가씨, 혹시 기억하세요? 아버님이 생존해 계실 때 몽페이라 후작과 같이 오셨던 문무를 겸하신 베니스 분을요.

포 셔   음, 바사니오씨? 아마 그런 이름이었을 거야.

네리사   네, 그래요. 어리석은 제가 보기에는 많은 분들 중에 그분이야말로 아름다운 아내를 맞을 수 있을 분 같았어요.

포 셔   나도 기억하고 있지. 네 말마따나 훌륭한 분이신 것 같더구나.

하인 등장.

포 셔   무슨 일이냐?

하 인   네 분의 손님이 마지막으로 아가씨를 뵙고 떠나시겠답니다. 그리고 모로코 왕의 사신이 도착했는데 새 손님으로 모로코 왕께서 오늘 밤 이곳에 도착하신답니다.

포 셔   네 분 손님을 보내는 기쁜 마음으로 다섯째 분을 맞을 수 있다면야 오죽이나 반갑겠니. 하지만 만약에 그분의 마음이 성자 같을지라도 얼굴이 악당 같다면, 날 얻을 생각은 꿈도 꾸지 말고 차라리 내 고해성사를 받을 신부나 되라고 해야지. 그럼 네리사, 넌 먼저 들어가렴. 청혼자들을 보내고 나니 또 다른 분이 찾아오는구나. (모두 퇴장)

제1막 제3장

베니스의 거리, 샤일록의 집 앞.
바사니오와 샤일록 등장.

샤일록　삼천 더커트라……. 음.

바사니오　예, 그걸 석 달만 좀…….

샤일록　석 달이라……. 음.

바사니오　아까도 말했지만 보증은 안토니오가 서니까요.

샤일록　보증은 안토니오가……. 음.

바사니오　도와주시겠소? 청을 들어주실지 가부를 말씀해 주시오.

샤일록　삼천 더커트를 석 달 동안이라……, 그리고 보증은 안토니오가…….

바사니오　가부를 말씀해 주시라니까요.

샤일록　안토니오는 좋은 분이죠.

바사니오　아니, 좋지 못하다는 평이라도 들으셨단 말이오?

샤일록　원, 천만에요, 천만에……. 내가 그 사람을 좋은 분이라고 한 것은, 그 사람 같으면 틀림이 없는 사람이라는 뜻이외다. 그렇지만 그분의 재산은 확실치가 않소. 그분의 상선 한 척은 트리폴리스로 다른 한 척은 인도로 가는 중이라고 하던데, 그리고 세 번째 배는 멕시코로 네 번째 배는 잉글랜드로 나가 있고요. 거래소에서 듣자니 이 밖에도 그의 자본이 여러 나라에 흩어져 있다더군요. 그런데 배라는 건 나무판대기에 불과하고 선원이라는 것도 보통 사람에 불과하지 않소. 게다가 땅

쥐에다가 물 쥐, 땅 도둑에다
물 도둑 — 해적 말입니다
만……, 이런 것들이 있는가
하면 비바람과 암초의 위험
까지 있지 않습니까? 그렇더
라도 어쨌든 그 사람 같으면
틀림이 없는 사람이지요. 삼
천 더커트라……, 그 사람의
보증을 받아 볼까요.

바사니오　그런 건 염려 마십시오.

샤일록　그럼 염려하지 않기로 하죠. 그래도 꼭 그렇게
　　　　하자면 생각 좀 해 봐야겠소. 안토니오를 좀 만나 봤으
　　　　면 싶은데요.

바사니오　좋으시다면 저희들과 같이 식사나 나눕시다.

샤일록　음, 돼지고기 냄새를 맡으란 말인가요? 저 나사
　　　　렛의 예언자가 요술을 써서 마귀를 돼지 뱃속에 몰아넣
　　　　었다는 그 마귀의 집을 먹으란 말이죠? 당신네들과 거
　　　　래도 하고 산책이나 이야기도 하고 이 밖에 다른 일도

다 할 수 있지만 식사나 술은 못하겠소이다. 거래소에 무슨 일이라도 있나? 누구요, 저기 오는 분이?

안토니오 등장.

바사니오　안토니오군요. (안토니오를 한쪽으로 데리고 간다.)

　샤일록　(방백) 어쩌면 저렇게 신에게 아첨하는 세리 같은 낯짝을 하고 있을까! 그리스도교도인 저놈은 정말 밉단 말이야. 그뿐인가, 어리석은 자비심을 베풀어 무이자로 돈을 대부해 주어 베니스의 우리 대금업자들의 이자율을 떨어뜨리기 때문에 더욱 미워 죽겠다구! 나한테 한 번만 약점을 잡혀 봐라, 쌓이고 쌓인 원한을 톡톡히 갚아 주고 말 테다. 저 녀석은 신성한 우리 유대민족을 증오하고 상인들이 모여 있는 곳에서 나나 내 사업을 비난하거든. 게다가 정당하게 모은 내 재산까지 비난하지. 저런 놈을 내버려두면 우리 민족이 계속 저주를 받겠지?

바사니오　이봐요, 샤일록 씨!

샤일록   아, 지금 내 수중의 현금을 따져 보고 있는 중이
오. 그런데 아무리 계산을 해 봐도 삼천 더커트라는 거
액을 당장 마련하지는 못할 것 같소. 하지만 염려 마시
오. 우리 유대인 중에 튜발이라는 부자가 있으니 부탁
해 봅시다. 가만있자……, 몇 달 동안 쓰신다고요? (안
토니오에게 인사를 하면서) 안녕하시오, 지금 막 댁의
얘길 하고 있던 참이었소.

안토니오   샤일록 씨, 난 금전 거래는 무이자로 해 왔소만
이 친구가 급히 필요하다니 이번만은 관습을 깨뜨리겠
소. (바사니오에게) 얼마 필요하다는 걸 얘기했나?

샤일록   아, 예. 삼천 더커트라죠.

안토니오   그걸 3개월만…….

샤일록   아차, 깜빡 잊었었구려. 3개월이라고 했죠? 그
럼 댁의 보증을 받기로 합시다. 그런데 가만있자……,
방금 댁의 말씀을 듣자니 이자가 있는 금전 거래는 하
지 않으신다고요?

안토니오   예, 그렇소.

샤일록   야곱이 자기 외삼촌 라반의 양을 먹이던 시절의

애기인데, 이 야곱으로 말하자면 우리의 신성한 조상 아브라함의 3대 상속자가 됐습니다만……. 이건 그의 어머니의 약은 꾀로 그렇게 된 것이지요. 아무튼 3대 상속자가 됐지요.

안토니오   그래, 그분이 어쨌단 말이오? 이자라도 받았단 말이오?

샤일록   천만에요, 이자를 받다니요. 댁처럼 이자를 받은 것이 아니었죠. 그렇지만 그분이 어떻게 했나 좀 들어 보시오. 글쎄, 숙질간에 이런 약조를 하지 않았겠소? 만약 양이 새끼를 낳으면 그중에서 줄이 있는 놈, 점이 박힌 놈들은 모두 야곱 품삯으로 차지하기로요. 그해 늦은 가을에 암양이 발정하여 숫양을 찾아가자 이 약은 목동은 나뭇가지 껍질을 벗겨 가지고 교미가 절정에 달하고 있는 암양 눈앞에 꽉 박아 세워 놓았답니다. 이렇게 하여 암양이 새끼를 배고 해산달이 되자 점박이만 잔뜩 낳아 모두 야곱의 차지가 됐지요. 이것이 부자가 되는 방법이외다. 야곱은 참 복이 많으셨지요. 부자가 되는 건 축복할 일이지요. 도둑질만 하지 않는다면 말이오.

안토니오   야곱이 한 짓은⋯⋯, 그건 일종의 투기요. 순전히 하느님의 손에 의하여 좌우되어야 할 것이 자기 힘으로 그렇게 된 것이니⋯⋯. 그

래, 이자를 정당화시키려고 이 성서 얘기를 꺼낸 거요, 아니면 당신네 재물은 전부 암양, 숫양들이란 말이오?

샤일록   글쎄요. 난 돈도 자주 새끼를 치게 합니다만, 어쨌든 내 얘길 들어 보십시오.

안토니오   (방백) 저 소리 들었나, 바사니오? 악당도 제 잇속을 위해서라면 성서를 인용한다네. 나쁜 놈이 성서의 증거를 들이대는 건 악마의 웃음이나 같은 걸세. 겉보기와 다른 썩은 능금과 같다네!

샤일록   삼천 더커트라⋯⋯, 상당한 거액이군. 열두 달 중의 석 달이라⋯⋯. 음, 이자를 좀 계산해 봐야지.

안토니오   그래, 융통 좀 해주시겠소?

샤일록   안토니오 씨, 당신은 사람들 많은 거래소에서 날

여러 차례 욕하셨지요. 내가 빌려 주는 돈과 이자에 대해서요. 그래도 난 어깨를 웅크리고 다 참았소. 참을성은 우리 민족의 특성이니까요. 나를 이단자니 살인자니 개니 하면서 당신은 우리 유태인들의 옷에 침을 뱉었소, 내가 내 것을 이용하는데도 말이오……. 그런데 이제 와서는 내 것을 빌리자고 하는구려. 내게 와서, '샤일록, 돈 좀 꾸어 줄 수 없겠느냐.'는 말을 하다니…….

당신은 내 수염에 가래침을 뱉고 도둑개를 차듯이 날 문지방에서 차내더니, 이제 와서는 돈을 청하시는구려. 글쎄요, 뭐라고 말해야 좋을까요? '개가 어디 돈이 있나요? 들개가 삼천 더커트를 융통해 줄 능력이 과연 있을까요?'라고 말해야 하나요? 아니면 엎드려 하인 말투로 숨을 죽여 가면서 겸손하게 중얼거릴까요? '나리께서는 지난 수요일에 내게 침을 뱉었고 그전에는 날 발길로 차고, 언젠가는 날 개라고 불렀지요. 그런 친절에 대한 보답으로 이러한 돈을 빌려 드리리다.' 라고요.

안토니오　난 이후로도 그렇게 욕을 하고 침을 뱉고 발길로 찰 거요. 이 돈을 빌려 주더라도 행여 친구에게 빌려 준 거라고는 생각하지 마시오! 누가 친구끼리 돈을 꿔 주고 이자를 받는단 말이오? 그러니 원수한테 돈을 꿔 주었노라고 생각하구려. 그렇게 여기면 약속을 지키지 못하는 경우에도 떳떳이 위약금을 청구할 수 있을 테니까요.

샤일록　아니, 왜 이렇게 야단이시오? 난 여태껏 받은 모욕일랑 싹 잊고서 댁하고 사귀어 우정도 나누고 싶고, 이자는 한 푼도 받지 않고 필요하다는 금액을 융통해 드릴 생각이었는데 막무가내시구려. 이건 내 선심에서 우러난 거라오.

안토니오　그렇다면 고맙소만.

샤일록　그럼 나의 친절을 보여 드리리다. 단독 명의도 괜찮으니 공증인에게 같이 가서 차용 증서에 도장을 찍어 주시오. 그리고 이건 장난 삼아 말하는 겁니다만, 만약 증서에 명시된 금액을 정한 시일이나 정한 장소에서

갚지 못할 때에는 위약금조로 댁의 기름진 살을 꼭 1파
운드만 내 마음대로 베어 내기로 하면 어떻겠소?

안토니오　아, 물론 좋소. 증서에 도장을 찍으리다. 그리고
유태 사람도 매우 친절하더라고 세상에 광고하겠소.

바사니오　여보게, 나 때문에 그런 괴상한 증서에 도장을
찍으면 안 되네. 궁색한 것쯤 차라리 내가 참을 테니까.

안토니오　이 사람아, 걱정할 것 없어. 어차피 위약은 하지
않을 테니까. 두 달 안으로, 적어도 증서의 기한보다 한
달이나 앞서 증서의 아홉 배나 되는 금액이 들어올 예
정이라구.

샤일록　아이고, 아브라함님, 맙소사! 이 그리스도교도
들 좀 보게. 자기네들의 거래가 빡빡하니 남을 의심하
는 모양이군. 한마디 물어봅시다. 위약을 하면 내게 무
슨 소득이 있겠소? 사람 몸에서 베어 낸 살 1파운드는
양고기나 쇠고기나 염소고기보다도 쓸데도 없고 가치
도 없소. 난 호의를 얻기 위해 이만한 우정을 베푸는데
받아 준다면 좋고 싫다면 할 수 없죠. 그렇지만 제발 날
오해하지는 마시오.

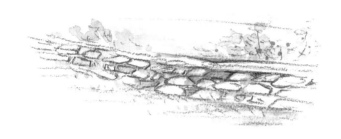

안토니오　좋소, 그 증서에 도장을 찍으리다.

샤일록　그럼 공증인 집에서 만납시다. 이 흥미있는 증서를 공증인에게 작성해 놓도록 지시해 주시오. 난 돌아가서 돈을 마련하리다. 그런데 되지 못한 놈한테 집을 맡겨 놓고 와서 조금 걱정스러우니 집에 좀 다녀와야겠소. 그러고 나서 곧 찾아뵈리다.

안토니오　얼른 다녀오구려. (샤일록 퇴장) 요 유태 놈이 그리스도교로 돌아설 작정인가? 갑자기 왜 이렇게 친절해졌을까.

바사니오　입만 번드르르하고 뱃속이 시커먼 놈은 싫단 말이야.

안토니오　가자구. 걱정할 건 없어. 어쨌든 내 상선들은 기한보다 달포나 빨리 돌아올 거니까. (모두 퇴장)

베니스 상인

제2막

제2막 제1장

벨몬트. 포서 저택의 한 방.

모로코 왕 일행 등장. 포서, 네리사, 시종들 등장.

모로코 왕   내 얼굴빛을 싫어하지 마십시오. 이건 찬란한 태양이 입혀 준 검은 옷이랄까요. 난 태양의 이웃에서 자랐으니까요. 태양의 열기로도 얼음을 녹이지 못한다는 북쪽 태생의 얼굴이 희디흰 사람들을 불러와 당신의 사랑을 걸고 피를 뽑아 누구의 피가 더 붉은가 시험해 보시죠. 아가씨, 내 얼굴을 보고 장사는 겁을 내고 사실 우리 나라의 가장 아름다운 처녀들도 녹았답니다! 나의 여왕이시여, 이 얼굴빛을 다른 것과 바꾸고 싶지는 않습니다, 당신의 마음을 몰래 훔치기 위해서라면 모르지만.

포 셔 저는 철부지 아가씨의 성향으로 얼굴색만 가지고 선택하는 그런 짓은 하지 않아요. 더구나 제비뽑기로 운명이 결정되는 저로서는 마음대로 선택할 권리도 없어요. 이미 알고 계신 바와 같이 제비를 맞춘 남자의 아내가 되라는 아버지의 유언으로 제가 궁색한 제한만 받지 않는다면, 고명하신 전하께서도 제 결혼의 후보자로서 여태껏 뵌 분들과 조금도 손색이 없으십니다.

모로코 왕 말씀만 들어도 감사합니다. 궤 있는 곳으로 안내해 주시오. 나의 운명을 시험해 보겠습니다. 이 언월도……, 터키 왕 솔리먼을 세 번이나 물리치고 페르시아 왕을 죽인 이 언월도를 두고 맹세하지만 아가씨, 당신을 얻기 위해서라면 아무리 무서운 눈하고의 눈싸움을 해도 기를 죽여 놓겠소! 그렇지만 아, 허큘리즈 장사와 그의 하인 라이카스가 주사위를 던져서 결말을 낸다면, 운명의 조화로써 약한 쪽으로도 좋은 수가 나올지 모르지요.

포 셔 모든 것을 운명에 맡기실 수밖에요. 그러니 애

당초 고르기를 그만두시든가 아니면 잘못 고르기 전에 맹세를 하든가 하셔야 합니다. 그러니 잘 생각해 주시기 바랍니다.

모로코 왕 　아무렴. 자, 운명을 결정하게 안내해 주시오.

　포　셔 　우선 교회로 가시지요. 운명의 결정은 식사 후에 하세요.

모로코 왕 　행운을 빌 따름이오, 이 세상에서 가장 행복한 인간이 될 것이냐, 저주 받는 인간이 될 것이냐. (모두 퇴장)

제2막 제2장

샤일록의 집 앞.

란슬럿트 고보 등장.

란슬럿트   이 유태인 주인의 집에서 달아나야만 내 양심이
후련할 것 아니냐구! 글쎄 마귀란 놈이 내 팔꿈치 곁에
서 유혹한단 말이야. '고보야, 란슬럿트 고보야, 착한
란슬럿트 고보야, 다리를 써, 다리를! 뛰어라, 뛰어서 달
아나라니까!' 그런데 내 양심은 이렇게 말하거든. '안
된다. 잘 생각해라, 고보야.' 아니면 아까와는 반대로,
'정직한 란슬럿트 고보야, 달아나면 안 돼. 달아나는 건
비겁한 짓이야.' 라고 타이르거든.
마귀 중에서도 두목 마귀 놈은 내게 당장 짐을 싸라는
거야. 글쎄 그놈이 내 귀에 소곤대기를, '야, 뛰어라, 뛰

어! 제기랄, 용기 좀 내서 달아나라니까!' 하거든. 그러면 양심이란 놈은 내 염통에 바짝 붙어서 아주 약게 타이른단 말이야. '정직한 친구, 란슬럿트야, 넌 정직한 남자의 아들이 아니냐?' 그렇긴 하지만 정직한 여자의 아들이라는 말이 더 맞지 않을까? 사실 말이지, 우리 아버지는 입맛을 쩝쩝 다시고 냄새도 약간 풍기면서 맛도 살짝 간 셈이니 말이야.

그건 그렇다 치고 양심이란 놈이, '란슬럿트야, 꼼짝 마라!' 하면 악마란 놈은, '달아나라.' 이러고 그러면 양심이란 놈이, '꼼짝 말라니까!' 한단 말이야. 그러면 난 이렇게 말해 주지. '양심아, 네 말도 근사하다.' 그리고 이렇게도 말해 주지. '악마야, 네 충고도 그럴싸하다.' 양심의 말을 듣자니 제기랄, 악마 같은 유태인 주인의 집에 주저앉아야 하고, 이 유태인 집에서 달아나자니 악마 놈의 말을 들어야 하고……

그런데 미안한 말이지만 이 악마란 놈은 마귀가 틀림없어! 그리고 사실 말이지 유태인 주인으로 말하자면 바로 악마의 화신이란 말이야. 좀 무정한 것 같지만 내 양심에 비춰 보건대 아무래도 악마의 말이 더 친절한 것 같아. 그러니 나는 달아나겠다, 악마야. 내 발꿈치는 너의 명령대로 달아나겠다!

고보 노인이 바구니를 들고 등장.

고보 노인 이봐, 젊은이. 말 좀 물읍시다. 이 근처 유태인의 집은 어디로 가면 되우?

란슬럿트 (방백) 이런, 우리 아버지가 아니신가! 눈 뜬 청맹과니처럼 되어 버려 날 못 알아보시네. 이분의 혼을 쏙 빼놓을까?

고보 노인 젊은이, 유태인의 집은 어느 쪽이우?

란슬럿트 요 다음 모퉁이에서 오른쪽으로 도시오. 그리고 그 다음 모퉁이에서는 왼편으로 도시오. 그리고 그 다음 모퉁이에선 아무 쪽으로도 돌지 말고 꼬불꼬불 내려가면 유태인의 집이라오.

고보 노인   아이고, 찾기
가 여간 힘들지 않겠
는걸. 그런데 이봐,
그 댁에서 살고 있는
란슬럿트가 지금도 있는지 아시우?

란슬럿트   젊은 란슬럿트 말씀입니까? (방백) 가만있자, 눈
물 좀 쏟게 해 줄까 보다. 젊은 란슬럿트 나리 말입니
까?

고보 노인   나리는 무슨 나리, 그저 구차한 사람의 자식이
지. 내가 이렇게 말하는 건 좀 뭣하지만, 그의 정직한 아
버지는 찢어지게 가난해도 하느님 덕분에 잘 살고 있다
우.

란슬럿트   글쎄 그의 아버지가 어떻게 됐든 간에 젊은 란
슬럿트 얘기나 합시다.

고보 노인   댁의 친구인 란슬럿트 나리 말이오?

란슬럿트   그런데 저, 그러니까 젊은 란슬럿트 말입니다.

고보 노인   미안하지만 그저 란슬럿트 녀석이우.

란슬럿트   그러니까 란슬럿트 나리가 말입니다. 란슬럿트

나리 얘기는 그만둡시다! 그 젊은 나리는 글쎄⋯⋯, 운명인지 천명인지 모르는 그 이상한 말마따나 그리고 운명의 세 여신인지 하는 그 학문에 의거하여⋯⋯, 실은 작고하였습니다. 우리들 말로 쉽게 말하자면 천당으로 가셨답니다.

고보노인　아이고, 맙소사! 늙은 내가 그 자식을 지팡이나 기둥처럼 얼마나 믿고 있었는데⋯⋯.

란슬럿트　(방백) 내가 몽둥이나 작대기같이 보인담? 지팡이나 기둥이라고? 그런데 아버지, 절 몰라보시겠습니까?

고보 노인　아이고, 난 모르겠소, 젊은 나리. 그런데 이보시오, 내 자식 놈은⋯⋯, 하느님이 보살펴 주옵소서! 대체 그놈은 살아 있소?

란슬럿트　아버지, 절 몰라보시겠습니까?

고보 노인　아, 눈이 청맹과니가 되어 버려 댁이 누구신지 모르겠구려.

란슬럿트　아니, 눈이 멀쩡하더라도 절 몰라보실 겁니다. 그러게 자기 자식을 알아보는 아비는 현명한 아비라고 하지 않습니까? 온갖 사건은 백일하에 밝혀질 것이고 살인도 오래 숨기지는 못합니다. 사람의 자식이 아무리 숨어 봤자 결국은 밝혀지고말고요. 그러면 노인장, 자제분의 소식을 얘기해 드리리다. (무릎을 꿇고) 아버지, 절 축복해 주십시오.

고보 노인 이보시오, 제발 일어서시오. 당신은 확실히 내 아들 란슬럿트가 아니니까.

란슬럿트 농담은 이제 제발 그만하시고 절 좀 축복해 주세요. 전 진짜 란슬럿트입니다. 이전에는 아버지의 아들이요, 지금은 아버지의 자식이요, 장차는 내 아이의 아버지가 될 란슬럿트입니다.

고보 노인 아무리 봐도 내 아들 같지가 않구려.

란슬럿트 아무리 보고 간에 난 유태인의 하인 란슬럿트입니다. 노인의 아내 마제리는 제 어머니이죠.

고보 노인 틀림없이 내 마누라 이름이 마제리지. 정말 네가 란슬럿트라면 넌 내 혈육을 이어 받은 내 자식이 분명하구나! (란슬럿트의 얼굴을 만져 본다. 란슬럿트는 목덜미를 내민다.) 아이고, 어쩌면 이렇게 수염이 많이 났느

냐? 턱수염이 우리 집 망아지 도빈이란 놈의 꼬리보다
도 북슬북슬하구나.

란슬럿트   그렇다면 도빈이란 놈의 꼬리는 거꾸로 자라나
는 모양이지요. 요전에 봤을 땐 확실히 고놈의 꼬리가
내 얼굴보다는 더 북슬북슬하던데요.

고보 노인   모습이 아주 많이 변했구나. 그래, 주인나리하
고는 사이가 어떠냐? 네 주인나리한테 줄 선물을 가지
고 왔다. 주인하고는 어떻게 지내냐?

란슬럿트   예, 그게 저……. 저는 일단 달아나기로 결심했

으니 조금이라도 달아나야겠
어요, 그러지 않고서야 원,
속이 풀려야 말이죠! 주인으
로 말하자면 지독한 유태 놈
이에요. 그놈한테 선물을 다
주겠다니, 목매달아 뒈지라
고 밧줄이나 갖다 주세요. 그놈 집에서 고생을 하자니
배에서 쪼르륵 소리가 나고 이것 좀 보세요, 갈빗대를
손가락으로 세어 볼 수 있을 지경입니다. 아버지가 오

셔서 정말 좋군요. 가지고 오신 선물일랑 바사니오께 드리세요. 그분은 제게 새 옷을 맞춰 주시겠다고 했어요. 전 땅 끝까지 달아나서라도 기어이 그분 집으로 갈 겁니다! 제기, 누가 그런 유태 놈의 집에서 산다고! 아, 마침 잘됐습니다. 저기 그분이 오고 계십니다.

바사니오가 레오나르도 및 그 밖의 사람들과 함께 등장.

바사니오 (하인에게) 그렇게 해도 좋아. 늦어도 5시까지는 식사 준비가 다 되어 있도록 서두르고 새 옷들로 갈아입게 해라. 이 편지를 전달하고 그라시아노 씨에게 우리 집으로 곧 오시도록 전해라. (하인 퇴장)

란슬럿트 저분입니다, 아버지.

고보 노인 안녕하십니까, 나리님.

바사니오 안녕하시오. 무슨 하실 얘기라도?

고보 노인 이 애가 변변치 못한 제 자식인뎁쇼.

란슬럿트 변변치 못한 놈이라니요, 부자 유태인 집에서 살던 놈을……. 제 아버지께서 차차 자세히 얘기하실 겁

니다만…….

고보 노인 이 애가 글쎄 꼭 나리네 댁에서 일하고 싶어하는뎁쇼.

란슬럿트 요점을 말씀드리자면 전 유태인 집에서 일하고 있는 사람입니다. 자세한 얘기는 아버지가 하시겠지만…….

고보 노인 주인과 이놈의 사이가 영 언짢아서 글쎄…….

란슬럿트 사실인즉슨 그 유태인이 절 못살게 군답니다. 그러니까 제 아버지이신 노인네가 확실한 얘긴 하시겠지만…….

고보 노인 간단히 말씀드리자면 그 청이라는 것은 저하고는 아무 관계가 없는데요.

란슬럿트 이 늙고 가난하지만 정직한 노인네가 우리 아버진데요…….

바사니오 한 사람이 얘기하게나. 그래, 자네 청이 뭔가?

란슬럿트 나리 댁에서 일하고 싶습니다.

고보 노인 그게 바로 요점입니다.

바사니오 자넨 나도 잘 아네. 그렇게 하게나. 실은 오늘 자

네 주인인 샤일록을 만났는데 자네
를 추천하더군. 돈 많은 유태인의
집을 나와 나처럼 구차한 사람
의 집에서 일하는 것을 추천이
라고 할 것까지야 하겠냐만.

란슬럿트 옛 속담에 있지 않습니
까? '하느님의 은총은 재보' 라고
요. 샤일록 나리와 나리께서는 그 속
담을 반반씩 나눠 가졌다고나 할까요. 나리께서는 '하
느님의 은총' 을 갖고 계시고 샤일록 나리는 '재보' 를 갖
고 있고요.

바사니오 자넨 말재주가 있군. 노인장, 아들과 이전 주인
집에 가서 작별 인사를 하고 내 집으로 오도록 하시오.
(하인들에게) 여봐라, 이자에게는 다른 하인들보다 훨씬
더 많은 술이 달린 옷을 입혀라, 알았나!

란슬럿트 아버지, 갑시다. 난 말주변도 없으니 다른 일자
리를 얻어낼 수도 없고, 그런데 저……, (손바닥을 들여
다보면서) 성서에 두고 맹세해도 좋지만 이탈리아 천지

를 찾아봐도 이렇게 좋은 손금은 없습니다. 앞으로 좋은 복이 굴러들어오고말고……. 이 선은 명줄이고 이쪽의 대단치 않은 선은 처복인데……, 원, 여편네가 겨우 열다섯 명밖에 안 된단 말인가. 과부 색시가 열하나에 처녀 색시가 아홉 명이라, 한 사람의 사내 몫으론 참 쓸쓸하군. 그리고 세 번 물에 빠져 죽을 뻔하지만 어쨌든 간신히 목숨을 건지는구나. 그래, 운명의 신이 여신이라면 참 친절한 여자이기도 하지. 아버지, 갑시다. 눈 깜짝할 새에 유태인 주인과 작별하고 오게요. (란슬럿트와 고보 노인 퇴장)

바사니오 여보게, 레오나르도. 부디 잊지 말게. 이런 물건들은 사들이거든 얼른 배에 실어 놓아야 해. 오늘 밤에 귀한 손님들을 대접하기로 했으니 속히 돌아와야 하네. 얼른 가보게.

레오나르도 예, 열심히 하겠습니다.

그라시아노 등장.

그라시아노　자네 주인님은 어디 계신가?

레오나르도　저쪽에 계십니다. (퇴장)

그라시아노　바사니오!

바사니오　오, 그라시아노!

그라시아노　부탁이 있는데 거절하면 안 되네.

바사니오　뭐든 들어주지.

그라시아노　다른 게 아니라 나도 벨몬트에 따라가겠네.

바사니오　그거야 따라가다 뿐인가. 그런데 여보게, 내 말 좀 들어 보게. 자넨 너무 무례하고 거칠단 말이야. 그거야 자네다운 성격이기도 하니 우리 친구들 눈에는 그렇게 나쁘게 보이진 않네만, 낯선 땅에 가면 그곳 사람들에게 경솔하게 보일 수도 있지 않나? 그러니 제발 그 날뛰는 성미에다 절제라는 차디찬 냉수를 좀 끼얹으란 말이야. 자네의 그 난폭한 행동 때문에 그곳에 가서 나까지 오해를 받고 끝내는 내 희망까지 망치면 안 되니까.

그라시아노　바사니오, 내 말을 좀 들어 보게. 나는 최대한 성

실한 태도로 말도 점잖게 하고 욕도 자제하며, 호주머니 속에는 늘 기도서를 넣고 다니면서 아주 엄숙한 표정을 하겠네. 그뿐 아니라 식사 전후에 기도드릴 때에는 이렇게 모자로 눈을 가린 채 한숨을 내쉬면서 '아멘'도 하겠어. 할머니 마음에 들기 위해 점잖은 사람인 체 시치미 떼기에 능란한 사람처럼 예의란 예의는 모두 지키겠네. 이 말이 거짓말이라면 이제부터 날 전혀 믿지 않아도 좋아.

바사니오   음, 그럼 앞으로 두고 보세나.

그라시아노   하지만 오늘 밤만은 예외일세. 오늘 밤의 내 행동을 가지고 미래를 판단하면 안 되네.

바사니오   그야 물론이지. 오늘 밤만은 오히려 확실하게 놀아 주기를 청하지. 다들 놀기 좋아하는 친구들이 모이니 말이야. 그러면 잘 가게. 난 볼일이 좀 있어서.

그라시아노   나도 로렌조를 찾아봐야겠어. 그럼 저녁 식사 때 다시 만나세. (모두 퇴장)

제2막 제3장

샤일록의 집, 문이 열려 있다. 제시카와 란슬럿트 등장.

제시카 네가 우리 집을 나간다니 정말 안됐구나. 지옥 같은 우리 집에서 그나마 재미있는 네가 있어서 지루한 줄도 몰랐단다. 얼마 안 되지만 이 돈을 받으렴. 그런데 란슬럿트, 오늘 저녁에 네 새 주인댁에 로렌조 씨가 초 대되어 오실 테니 이 편지를 꼭 전해 줘. 아무도 모르게 전해야 한다. 그럼 잘 가렴. 너와 이렇게 얘기하고 있는 걸 아버지가 보시면 야단이 날 테니 어서 가.

란슬럿트 안녕히 계십시오! 눈물 때문에 혓바닥도 움직일 수가 없군요. 아름다운 이교도 아가씨, 상냥한 유태인 아가씨! 머지않아 그리스도교도가 그럴듯한 말로 꾀어

아가씨를 채갈 것이 틀림없어요. 그러면 안녕히 계십쇼. 바보처럼 이렇게 자꾸만 눈물이 쏟아져 나와 대장부의 마음을 눈물 속에 빠져 들게 하는군요. 안녕히 계십쇼. (퇴장)

제시카　잘 가, 란슬럿트! 이 흉악한 나의 죄를 좀 봐……. 아버지의 딸인 것을 부끄러워하다니! 그런데 피는 아버지의 딸이지만 행동으로는 이미 아버지의 딸이 아니야……. 오, 로렌조 씨, 당신만 반드시 약속을 지켜 주시면 전 이 고민을 끝내고 그리스도교로 개종하여 당신의 사랑스러운 아내가 되겠어요. (퇴장)

제2막 제4장

베니스의 거리.

그라시아노, 로렌조, 살레리오, 솔라니오 등장.

로렌조   아냐, 우린 식사 때 살그머니 빠져나와 내 집에
        가서 변장을 하고 다시 돌아오기로 하세. 1시간이면 충
        분할 거야.

그라시아노   아직 준비가 충분치 않은데…….

살레리오   횃불잡이 얘기도 아직 못했지 않았나?

솔라니오   잘못되면 망신을 당할 수도 있으니 감쪽같이 하
        지 않을 것 같으면 차라리 집어치우는 게 좋을 걸.

로렌조   이제 겨우 4시야. 아직 2시간의 여유가 있으니
        준비는 충분히 할 수 있어. (란슬럿트가 편지를 가지고 등
        장) 란슬럿트, 무슨 일이냐?

란슬럿트   이 편지를 뜯어보십쇼. 자세한 얘기는 거기 적
        혀져 있을 겁니다.

로렌조   낯익은 글씨야. 참으로 아름다운 글씨다. 그렇
        지만 편지보다도 이 글을 쓴 손이 훨씬 더 아름답지!

그라시아노   음, 연애편지로군.

란슬럿트   전 물러가겠습니다.

로렌조   어디로 가려고?

란슬럿트   예, 전 주인 유태인 나리께 그리스도교도인 새

주인댁에 와서 저녁을 드시라고 모시러 가는 길입니다.

로렌조   잠깐만, 이것을 받아. (돈을 준다.) 그리고 제시카에게 이 말 좀 꼭 전해 줘, 틀림없이 찾아간다고 하더라고……. 비밀리에 전해야 해. (란슬럿트 퇴장) 자, 가세. 오늘 밤 가장 무도회 준비는 자네들이 맡아 주게. 횃불잡이는 내가 알아볼 테니까.

살레리오   그럼 됐네. 당장 착수해야지.

솔라니오   나도 시작해야지.

로렌조   그럼 1시간쯤 있다가 그라시아노 집으로 와 주게. 나도 거기 있을 테니.

살레리오   좋아, 그렇게 하지. (살레리오와 솔라니오 퇴장)

그라시아노   아까 그 편지는 제시카한테서 온 편지가 아닌가?

로렌조   자네한테만 얘길 하겠네만, 실은 제시카가 이런 소식을 전해 왔다네. 그녀의 아버지네 집에서 자기를 이러이러한 방법으로 빼내라고 말이야. 약간의 재물과 보석을 가지고 갈 것이며, 소년 복장도 이미 마련했다는군. 만약 그녀의 유태인 아버지가 천당에 간다면 그건 모두 저 정숙한 딸 덕분일 거네. 유태인의 딸이라는 이

유로 그녀의 앞길에 불행 같은 건 절대로 없도록 할 거야. 같이 가자구. 가면서 이걸 읽어 보게나. 아름다운 제시카를 횃불잡이로 하는 게 좋겠네. (모두 퇴장)

제2막 제5장

샤일록의 집 앞.
샤일록과 란슬럿트 등장.

샤일록 이제 곧 네 눈으로 판단하고 알게 될 게다. 이 샤일록과 바사니오와의 차이를 말이다. 얘, 제시카야……. 앞으로는 내 집에서처럼 마구 퍼먹지도 못할 거다. 얘, 제시카야……. 코를 골며 자지도 못하고 옷을 함부로 입지도 못한다니까. 얘, 제시카야……, 어디 있느냐?

란슬럿트 (큰 소리로) 이봐요, 제시카!

샤일록 누가 너더러 부르라고 그랬어? 너더러 부르라고
는 하지 않았어!

란슬럿트 하지만 주인님은 늘 저에게, 시키지 않으면 아
무 일도 못하는 놈이라고 야단만 치면서요.

제시카 등장.

제시카 부르셨어요? 무슨 일
인데 그러세요?

샤일록 제시카, 이건 집 열쇠다.
저녁 식사에 초대를 받았단다. 하지
만 내가 왜 가야 하는지는 모르겠구나. 호의의 초대가
아니라 아첨에 불과한데……. 그렇지만 증오의 마음으
로 저 사치스러운 그리스도교도 놈들의 밥을 배가 터지
게 먹어주자꾸나. 얘, 제시카야, 집 좀 잘 봐라. 어쩐지
좋지 않은 일이 일어날 것만 같아 정말로 가기가 싫구
나. 글쎄, 간밤에는 꿈에 돈 주머니를 보지 않았겠니?

란슬럿트　꼭 가셔야 합니다. 저희 젊은 새 주인님은 주인
님이 오시길 기다리고 계시니까요.

샤일록　날 욕보이려고 말이지?

란슬럿트　천만에요, 다들 계획을 짜놓았답니다만, 가장 무
도회를 부득부득 보시라는 건 아닙니다. 지난 부활제 월
요일 아침 6시에 재수없게 제가 코피를 흘린 것도 까닭
이 없는 것은 아니었군요. 글쎄, 그해의 성회 수요일부
터 따져보면 오늘 오후로 꼭 4년째 되는군요.

샤일록　뭐, 가장 무도회가 있어? 애, 제시카야. 문단속
잘해라! 북소리나 흉악하게 목을 비틀며 부는 피리 소
리가 나더라도, 그리스도교도 녀석들의 광대 낯짝을 보
려고 창틀에 기어올라가 머리를 창문 밖으로 내밀어서
는 안 된다. 제발 우리 집의 귀를 — 창문 말이다, 전부
틀어막고 점잖은 우리 집 안으로 건달패들 소리가 들어
오지 못하게 하란 말이다. 우리의 조상 야곱의 지팡이
를 두고 하는 말이지만 정말 오늘 밤의 연회에는 가고
싶지가 않구나. 그래도 가봐야지……. 애, 넌 먼저 가봐
라. 가서 내가 간다고 전해라.

란슬럿트   예, 먼저 가보겠습니다……. (작은 소리로) 아가씨, 괜찮으니 꼭 창밖을 내다 보십시오. 유태인 아가씨의 눈에 띌 만한 그리스도교도 한 사람이 지나갈 테니까요. (란슬럿트 퇴장)

샤일록   저 팔푼이 같은 바보 녀석이 뭐라고 그러는 거냐. 응?

제시카   '아가씨, 안녕히 계세요.' 했지 뭐예요.

샤일록   저 녀석은 마음씨는 좋지만 먹성이 지나치고 일이라면 달팽이같이 느리고 대낮에도 살쾡이같이 잠만 잔단 말이야. 수벌처럼 퍼먹기만 하는 놈을 계속 우리 집에 둘 수는 없지. 그래서 내보내는 거야. 아무 데나 보내는 것이 아니라 빚쟁이 놈한테로 보내서 빚낸 돈을 낭비시켜야지……. 제시카야, 그만 들어가 봐라. 난 금방 돌아오마. 그리고 내가 이른 대로 문단속을 잘해야 한다. 단단히 단속하면 돈이 모인다지 않니. 주변을 늘 경계하는 사람에게는 언제 들어도 새로운 속담이니라. (샤일록 퇴장)

제시카   안녕히 다녀오세요. 내 운명을 누군가 가로막지만 않는다면 난 아버지를, 아버지는 딸을 영영 잃게 되겠구나. (제시카 퇴장)

제2막 제6장

같은 장소.
그라시아노와 살레리오, 가장을 하고 등장.

그라시아노   로렌조가 우리더러 이 지붕 밑에서 기다리라고 그랬지.

살레리오   약속 시간이 지났는데…….

그라시아노   그 친구가 늦는다는 건 정말 이상하군. 연인들이란 보통 약속 시간보다 먼저 오는 법인데…….

살레리오   사랑의 여신의 수레를 끄는 비둘기는 새로 맞은

사랑의 굳은 약속을 위해 보통보다 열 배나 빨리 날아

간다고 하던데? 이미 굳은 사랑의 맹세를 지키기 위해

서는 평소와 같다고 하고.

그라시아노 그야 그렇지. 식탁 앞에 앉을 때처럼 왕성한 식

욕을 가진 채 자리에서 일어나는 사람이 어디 있겠나?

말을 길들일 때 보면, 처음 뛰어갈 때의 왕성한 의욕으

로 그 지루한 길을 밟아 돌아오는 말이 어디 있겠는가?

세상일이란 쫓는 재미지 일단 손에 넣고 나면 별것도 아

니야. 만국기를 달고 고향의 항구를 떠나는 배를 보더

라도, 어쩌면 그렇게 젊고 건강한 청년처럼 온화한 바

람에 부둥켜 안기느냐 말이야! 그런데 돌아올 때 보면

늦재는 비바람에 시달리고 돛은 찢어져 어쩌면 그렇게

도 난봉꾼 같냐고. 갈보 같은 바람에 시달려 거지처럼

뼈대만 남아서 말이야!

로렌조 등장.

살레리오 저기 로렌조가 오는군. 이 애기는 나중에 또 하

기로 하세.

로렌조   늦어서 미안하네. 내가 일부러 그런 것이 아니
라 나의 이번 일이 자네들을 기다리게 하고 말았네. 그
렇지만 나중에 자네들이 색시 도둑질을 하는 처지에 놓
이면 나 역시 자네들처럼 기다려 주겠네. 이리 와 보게,
이게 내 장인 유태인의 집이야. 여! 안에 누구 있소?

소년 복장을 한 제시카가 2층 무대에 등장.

제시카   누구세요? 말씀해
보세요. 목소리로 대강 짐
작이 가지만 분명하게 확
인하고 싶어서 그래요.

로렌조   로렌조요. 당신의 애인!

제시카   아, 정말 로렌조 씨네요. 아, 나의 연인이여, 제
가 이토록 사랑하는 분은 당신밖에 없어요. 그리고 제
가 당신의 것임을 아는 사람도 당신밖에 없어요.

로렌조   그건 하느님과 당신의 애정이 증인이오.

제시카 자, 이 상자 좀 받으세요. 무겁기는 하지만 수고

할 만한 가치는 있으니까요. (상자를 던진다.) 밤이라 다

행이군요. 이렇게 변장한 모습이 부끄러웠는데 당신이

볼 수 없으니 말예요. 그렇지만 사랑은 맹목이라 연인

들은 자신이 저지르는 어리석은 짓도 알아보지 못한다

잖아요. 그걸 알아본다면 이렇게 남장을 한 나를 보고

큐피드조차도 낯을 붉힐 것 아녜요?

로렌조 어서 내려와요, 당신을 횃불잡이로 세울 테니.

제시카 아니, 이 부끄러운 모습이 더 잘 보이도록 횃불

을 들어요? 그러지 않아도 너무나 환히 보이는 걸요. 횃

불잡이는 뭐든지 환하게 비추는 것이 그의 역할 아닌가

요? 그러지 않아도 남의 눈을 피해야 할 제가……

로렌조 이봐요, 그래서 미소년 복장으로 변장을 한 것 아

니오? 얼른 내려와요, 캄캄한 밤은 달음박질치며 지나

가고 바사니오 씨 댁의 연회는 우리를 기다리고 있으니.

제시카 문단속 좀 하구요. 그리고 돈도 좀 챙겨 가지고

금방 내려갈게요. (문을 닫는다.)

그라시아노 참 좋은 아가씨군, 유태인 같지가 않아.

로렌조　정말이지 난 저 여자를 진심으로 사랑한다네. 첫째 현명한 여자야, 나의 판단이 정확하다면. 그리고 아름다워, 나의 눈이 틀림이 없다면. 그리고 또한 진실한 여자야, 이건 그녀 자신이 벌써 증명했지. 그러니 난 현명하고 아름답고 진실한 그녀의 천성 그대로를 변치 않는 내 영혼 속에 품겠어! 어서 가세. 지금쯤 가장을 한 친구들이 기다리고 있을 거네. (로렌조, 제시카, 살레리오 퇴장)

안토니오 등장.

안토니오　거기 누구요?

그라시아노　안토니오?

안토니오　아, 그라시아노인가! 그래, 다른 친구들은 어디 있나? 9시라네, 다들 자네들을 기다리는 중이었어. 오늘 밤 가장 무도회는 집어치웠네. 순풍이 불기 시작해 바사니오가 곧 떠나기로 해서 자넬 찾느라고 사람을 스무 명이나 풀었지 뭔가. (모두 퇴장)

제2막 제7장

벨몬트, 포셔의 저택 홀.

포셔, 모로코 왕, 시종들 등장.

포 셔 커튼을 열고 세 개의 궤를 전하께 보여 드려라.
(하인이 커튼을 연다. 탁자 위에 궤가 세 개 놓여 있다.) 그럼
골라 보세요.

모로코 왕 첫 번째 금궤에는 이런 글이 새겨져 있구나. '나
를 고르는 자는 만인이 소망하는 것을 얻으리라.', 두
번째 것은 은궤로 이런 약속이 씌어 있군. '나를 고르는
자는 신분에 응당한 것을 얻으리라.', 세 번째 궤는 둔
탁한 납에다 경고문까지 무뚝뚝하군. '나를 고르는 자
는 전 재산을 운명에 걸게 되리라.' 그런데 바른 궤를

골랐는지는 어떻게 알아보지요?

포　셔　이 셋 중에 제 초상이 들어 있어요. 그걸 고르시면 전 그 초상과 함께 전하의 것이 되지요.

모로코　왕　신이여, 나의 판단을 이끌어 주소서! 그런데 가만있자, 글귀를 다시 한 번 보자. 납궤는 뭐라고 했더라? '나를 고르는 자는 전 재산을……, 운명에 걸게 되리라.' 그래, 전 재산을 내놓아서……, 뭘 위해? 납을 위해 운명에 걸란 말이냐? 협박조로군. 사람이 전부를 내놓고 운명에 걸 때는 무언가 좋은 이익을 바라는 마음으로 그러는 것 아닌가. 황금 같은 나의 마음은 쇠 부스러기 같은 것에 굴복하지 않는다. 그러니 나는 납한테는 아무것도 내놓거나 걸지는 않겠다.

그럼 처녀처럼 순결한 빛의 은궤는 뭐라고 했던가? '나를 고르는 자는 신분에 응당한 것을 얻으리라.' 고……. 신분에 응당한 것을? 가만있자, 모로코 왕이여, 공평한 저울로 너의 가치를 달아 봐라. 세상의 평가대로라면 너의 가치는 충분하지만……, 그러나 이 아가씨를 얻을 수 있을 만큼 충분한 것인지? 그렇다고 나의 가치를 의

심하는 것은 나를 나약하게 보고 과소평가하는 것밖에 안 되지! 신분에 응당한 것, 그것은 물론 이 아가씨다. 가문이나 재산으로 봐서나 인품이나 교양으로 본다면 나야말로 이 아가씨를 얻을 만하지. 그 무엇보다도 이 사랑을 얻을 만하고말고. 이제 그만 망설이고 이 궤를 고르면 어떨지?

그런데 금궤에 새겨 있는 문구를 어디 다시 한 번 보자. '나를 고르는 자는 만인이 소망하는 것을 얻으리라.' 고……. 아! 그건 바로 아가씨다! 온 천하가 아가씨를 열망하고 있지 않은가. 세상의 여러 곳으로부터 많은 사람들이 이 신전 아니, 살아 있는 이 성녀에게 입을 맞추려고 모여들지 않은가. 그래서 저 사막도 황량한 아라비아의 광야도, 아름다운 포셔를 찾아오는 귀인들로 인하여 이제는 큰길이 되어버렸지. 파도가 하늘을 찌르는 대양마저도 바다를 건너오는 패기만만한 도전자들을 막아내지 못하니, 사람들은 시냇물처럼 손쉽게 대양을 건너 아름다운 포셔를 만나러 오지 않은가!

이 셋 중 하나의 궤 속에 그녀의 천사 같은 초상이 들어

있다는데 이런 납궤 속에도 들어 있을 수 있을까? 지옥에 떨어지려거든 그런 천한 상상을 하라지. 납궤는 그녀의 수의를 담아 캄캄한 무덤 속에 넣어 두기에도 너무 조잡하지 않은가? 그럼 은궤 속에? 금보다 십분의 1의 가치밖에 없는 은궤 속이라고? 이건 상상만으로도 싫다. 저렇게도 값진 보석이 금이 아닌 궤 속에 들어 있었던 적도 있었나? 영국에는 천사의 모습을 새긴 금화가 있다지만 그건 겉표면에 새겼을 뿐이니, 여기 이 천사님은 황금의 침대에 누워 있지 않겠는가? 열쇠를 이리 주시오. 이것을 고르겠소, 운은 하늘에다 맡기고!

포 셔　열쇠는 여기 있어요. 그 궤 속에 저의 초상이 들어 있다면 전 당신의 것입니다. (모로코 왕이 금궤를 연다.)

모로코 왕   에잇, 망할 것! 이게 다 뭐냐? 더러운 해골바가
지로구나. 움푹 꺼진 눈 속에 두루마리가 끼어 있군. 어
디, 읽어 보자.

빛나는 것 다 금이 아니다.
그 말 종종 들었으리라.
나의 외관에 홀려
목숨을 건 사람도 많다.
황금 무덤에 구더기 구물거린다.
젊은 몸이 그렇게 용감하듯이
현명한 판단을 하였다면
두루마리의 이런 답은 안 받았을 것을.
잘 가오, 그대의 소원은 차디차오.

참 차디차구나, 허탕만 쳤어! 열정아, 가자. 서리야, 내
려라……. 포셔 양, 안녕히 계십시오! 가슴이 너무나 아
파서 작별 인사를 길게 할 수도 없습니다. 이것이 패자
의 작별입니다. (시종을 거느리고 퇴장)

포 셔   손쉽게 떼어버렸구나. 커튼을 내리고 들어가자.
저런 피부색을 한 사람은 모두 그렇게 골라 주었으면 좋
으련만. (모두 퇴장)

제2막 제8장

베니스의 거리.

살레리오와 솔라니오 등장.

살레리오   여보게, 바사니오는 출항했다네. 그라시아노도
같이 떠났지. 그런데 로렌조는 확실히 그 배에 타지 않
았더군.

솔라니오   그 망할 유태 놈이 아우성을 쳐서 결국 공작님
까지 깨웠지. 그래서 공작님도 그놈과 함께 바사니오의
배를 찾으러 가셨다네.

살레리오 그건 이미 지난 뒤에 나팔 부는 격이지, 배는 벌써 떠나고 없으니까. 그런데 공작님께 이런 보고가 들어왔다더군. 로렌조와 그의 연인 제시카가 곤돌라를 타고 있더라는 거야. 뿐만 아니라 이들이 바사니오의 배에 타지 않았다는 것을 안토니오가 증언했다네.

솔라니오 그 개새끼 같은 유태 놈이 큰길에서 정신을 잃고 성이 나서 악을 쓰며 펄펄 뛰는데, 나는 그런 기괴망측한 광경을 처음 봤다니까. '내 딸! 오, 내 돈! 오, 내 딸년! 예수쟁이와 달아났구나! 예수쟁이가 가져간 내 돈! 재판을! 법률을! 내 돈, 내 딸년! 꽉 묶어 둔 돈주머니를……, 금화들이 들어 있는 큼지막한 두 개의 돈주머니를 딸년이 훔쳐가 버렸어! 그리고 보석도 두 개나……, 값지고 귀한 보석인데 딸년이 훔쳐가 버렸어! 재판이다! 그년을 찾아내! 그년이 가지고 있다. 보석도, 돈도!' 이러더라구.

살레리오 음, 베니스 거리의 모든 어린아이들이 그놈의 뒤를 졸졸 따라다니면서 내 보석, 내 딸년, 내 돈, 하고 외치고 있다지?

솔라니오   안토니오도 조심하라고 해. 약속 기일만은 꼭 지키도록 하는 게 좋을 거야. 그러지 않았다간 큰코다치겠네.

살레리오   음, 그리고 보니 생각나는군. 어제 어떤 프랑스인한테서 들은 이야기인데, 그분 말이 프랑스와 영국 사이의 좁은 해협에서 화물을 잔뜩 실은 우리 나라 배 한 척이 난파당했다고 하지 뭔가. 그 소식에 안토니오가 생각이 나서 말이야. 그 친구의 배가 아니기만 바랄 뿐이네.

솔라니오   안토니오에게 말해 주는 것이 좋지 않을까? 그렇지만 섣불리 하지는 말게. 괜한 걱정을 끼쳐선 안 되니까.

살레리오   이 세상에 둘도 없는 좋은 친구들이지. 바사니오와 안토니오가 작별하는 광경을 곁에서 보았는데, 바사니오가 되도록 빨리 돌아오겠다고 하니 안토니오가 이렇게 대답하더군. '서두르지 말게. 여보게, 나 때문에 일을 그르치지 말고 때가 무르익을 때까지 기다리게. 행여나 내가 유태인에게 써 준 차용증서는 염두에 두지 말게나. 연심에 가득 찬 자네가 아닌가. 마음을 유쾌하게 갖고 전심전력 구혼에만 힘쓰란 말이야. 그곳에서 자네와 가장 잘 어울리는 사랑의 표현을 할 수 있도록 온 신경을 쓰라구.' 이렇게 말하면서 두 눈에 눈물이 꽉 차오르니 얼굴을 돌린 채 무한한 우정에 넘치는 손을 내밀어 바사니오의 손을 꽉 잡겠지. 그리고 나서야 작별하더군.

솔라니오　아마 그 친구는 바사니오를 돕는 일에 보람을 느끼고 있을 거네. 여보게, 우리 같이 그 친구를 찾아내어 위안의 말이라도 건네 그 친구의 울적한 기분을 풀어 주도록 해 보세.

살레리오　그렇게 하지. (모두 퇴장)

제2막 제9장

벨몬트, 포셔의 저택 홀.
네리사와 하인 등장.

네리사 어서, 자, 어서. 빨리 커튼을 열
어요. 아라곤 왕께서 서약이 끝났으니 궤를
고르러 곧 오실 거예요. (커튼이 열린다.)

포셔, 아라곤 왕, 시종들 등장.

포 셔 보십시오, 전하. 저기 궤가 있어요. 제 초상이 들
어 있는 궤를 골라내시면 즉시 우리들의 결혼식이 거행
되겠지요. 그러나 실패하신다면 아무 말씀 마시고 곧 이
곳을 떠나셔야 합니다.

아라곤 왕 나는 세 가지 약속을 지키겠다고 맹세를 했소.
첫째, 내가 고른 궤를 아무에게도 말하지 말 것. 둘째,
내가 바른 궤를 고르지 못했을 경우에는 앞으로 일평생
처녀에게 구혼하지 말 것, 끝으로 불행히도 선택에 실
패할 경우에는 미련 없이 작별하고 이곳을 떠날 것.

포 셔 그만한 약속은 보잘것없는 저를 위해 운명을 거는 분 누구나 다 맹세해야 하는 약속입니다.

이라곤 왕 물론 나도 역시 각오하고 있소. 나의 희망에 행운이 오기를! (궤를 낱낱이 조사해 본다.) 금과 은과 값싼 납이라……. '나를 고르는 자는 전 재산을 운명에 걸게 되리라.'고? 모양이 좀더 아름답지 않고서야 누가 이런 것에 전 재산을 내놓고 운명을 건단 말이냐. '나를 고르는 자는 만인이 소망하는 것을 얻으리라.' 만인이 소망하는 것이라고……. 이 만인이라는 것은 아마 어리석은 대중을 의미하는 것이겠지? 대중들이란 외관만으로 선택을 하고 어리석은 눈으로 보이는 것밖에는 알지 못하면서 내면을 들여다보지는 않거든. 마치 바위제비가 일부러 재앙의 한복판인 비바람 들이치는 외벽에다 집을 짓는 것처럼. 그러니 난 만인이 소망하는 것을 고르지 않겠다. 어중이 떼들과 같이 날뛰고 싶지도 않고 무지몽매한 군중들과 어깨를 나란히 하고 싶지도 않으니 말이다.

그렇다면 은의 보고여! 네 위에 쓰인 문구를 한번 보자꾸나. '나를 고르는 자는 신분에 응당한 것을 얻으리라.' 고? 좋은 문구다! 이렇다 할 실력도 없는 주제에 요행을 노리고 영예를 얻으려고 해봤자 그게 될 법이나 한 말이냐? 과분한 지위를 함부로 탐내서는 안 되지. 진정한 신분이나 계급은 부당한 수단으로 얻지 말아야 할 것이며 청백한 영예는 자신의 실력으로만 얻어야 할 것이다! 그렇게 하지 않는다면 맨머리로 있던 사람들이 얼마나 많은 감투를 쓰게 될 것이고, 현재 남을 지배하던 사람들이 얼마나 많은 지배를 받게 될 것인가! 고귀한 가문의 태생 중에 천한 농군 같은 것들이 얼마나 많이 있을 것인가. 반대로 쓰레기나 천한 빈껍데기 같은 놈들 중에서도 영예로운 사람들이 얼마나 많이 나타나 새로운 광채를 띠게 될 것인가!

이제는 내 것을 고르자꾸나. '나를 고르는 자는 신분에 응당한 것을 얻으리라.' 그러면 내 신분에 응당한 것을 받기로 하자. (은궤를 집는다.) 열쇠를 이리 주시오! (은궤를 연다.)

포 셔　(방백) 그렇게 시간을 끈다고 별 게 있을 줄 아세요?

이라곤 왕　이건 뭐냐? 바보가 눈을 껌벅이면서 글발을 내

밀고 있는 그림이 아닌가? 어쩌면 이렇게도 포셔와는

딴판이냐? 어쩌면 이렇게도 나의 희망과 가치와는 거리

가 멀단 말이냐…… '나를 고르는 자는 신분에 응당한

것을 얻으리라.'고 했는데 그래, 나의 가치가 이 바보의

얼굴만도 못하단 말인가? 내 가치가 겨우 요것밖에 안

된다고? 이게 내가 받을 상이란 말인가?

포 셔　재판을 받는 것과 판결을 내리는 것은 그 역할

이 다르죠. 아니, 정반대되는 성질의 것이에요.

이라곤 왕　(종이를 펴 본다.) 어디 읽어 보자.

일곱 번 불에 달군 은궤

판단 또한 일곱 번 단련되어야만

틀림없는 선택이었을 것을.

세상에는 그림자에 입을 맞추고

행복의 그림자만을 얻는 자도 있더라.

세상에는 은으로 겉치레한 바보도 있는데

너도 그중의 하나였다.

네가 어떤 아내를 침실로 데리고 가더라도

나는 영원히 너의 어리석은 머리가 되리라.

속히 떠나라, 네 일은 끝났느니라.

이곳에서 망설이면 망설일수록 난 더욱 바보처럼 보일 테지. 구혼하러 올 때는 바보 머리 하나였던 것이 떠날 때는 두 개가 되었군. 그럼 안녕히 계시오. 약속을 지키기 위해 분한 마음은 꾹 참겠소. (시종을 데리고 퇴장)

포 셔 불나방이 촛불에 뛰어드는 격이지. 오, 어리석은 바보들 같으니……. 너무 꾀를 내다 도리어 실패하는 꼬락서니라니.

네리사 옛 속담에도 사형과 결혼은 같은 운명이라지 않아요? 그 말은 정말이에요.

포 셔 네리사, 커튼을 내려라.

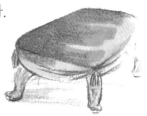

하인 등장.

하 인　아가씨, 어디 계십니까?

포 셔　여기 있다, 무슨 일이냐?

하 인　아가씨, 방금 문 앞에 젊은 베니스 사람이 말에서 내렸는뎁쇼. 자기 주인이 오시기 전에 미리 알리러 왔다나요. 그 사람은 자기 주인의 정중한 안부 인사 외에도 눈에 보이는 인사를, 그러니까 값진 선물들을 가져왔더군요. 사랑의 사신치고 그렇게 잘 어울리는 사람은 처음 봤습니다. 화려한 여름철이 찾아올 것을 미리 알리는 춘삼월이 아무리 상쾌하게 찾아온다 할지라도, 자기 주인보다 먼저 와서 인사를 하는 이 사람보다는 어림도 없죠.

포 셔　제발 그만하렴. 네가 있는 지혜를 모두 짜내어 그 사람을 칭찬하는 걸 보니 잠시 후에 네 입에서 그 사람이 네 친척이라는 말이 나올까 봐 두렵구나. 얘, 네리사, 나가 보아라. 그렇게도 점잖게 이곳을 찾아온 큐피드의 사자라면 나도 얼른 만나 보고 싶으니…….

네리사　사랑의 신이여……, 제발 바사니오 씨이길! (모두 퇴장)

베니스의 상인
제3막

제3막 제1장

베니스의 거리.

솔라니오와 살레리오 등장.

솔라니오　거래소에서 소식 들었나?

살레리오　아주 엄청난 소문이던데! 화물을 가득 실은 안토니오의 배가 해협에서 난파당했다는 소문 말이네. 아마 구드윈에서였다지? 어찌나 험한 여울이던지 그곳에는 이미 난파당한 배들의 잔해가 많이 파묻혀 있다네. 하기야 이건 뜬소문이니, 수다쟁이 노파 말이 정직하다 치고 말이네.

솔라니오　그게 제발 거짓말쟁이 노파였으면 좋겠네만. 글쎄, 수다쟁이 노파가 생강을 씹었다고 말해도, 아니면

세 번째 영감이 죽어서 울었다고 말해도, 아무도 그런 말을 곧이듣지 않는 거짓말이었으면 좋겠으니 말이야. 그러나 현실은, 장황한 얘기며 쓸데없는 얘기는 모두 빼고 말인데, 저 친절한 안토니오가 글쎄, 저 정직한 안토니오가……. 원, 뭐라고 불러야 그 사람 이름에 걸맞는 적당한 칭호가 될까…….

살레리오　이보게, 그만하고 어서 결론부터 말해.

솔라니오　뭐라구? 그게, 결론을 말하자면 그 친구는 배 한 척을 손실했다네.

살레리오　제발 그 친구의 손실이 그것으로 끝나기를…….

솔라니오　나는 얼른 '아멘' 하겠네, 악마한테 기도를 방해받기 전에. 저기 유태인의 탈을 쓴 악마가 오는군.

샤일록 등장.

솔라니오 요즘 경기는 어떻소, 샤일록 씨?

샤일록 누구보다도 당신네들이 더 잘 알지! 잘 알고말
고, 내 딸년이 달아난 걸……

살레리오 사실이오. 나만 하더라도 당신 딸이 입고 날아
간 날개를 맞춰 준 옷 가게를 아니까.

솔라니오 그런데 샤일록씨도 새끼 새에게 날개가 생겼다
는 것쯤은 알았을 것 아니오. 새끼 새는 어미 새를 떠나
는 것이 천성이거든요.

샤일록 망할 년 같으니……

살레리오 망할 년이지, 악마의 눈으로 판단한다면.

샤일록 내 핏줄이 배반을 하다니…….

솔라니오 원 세상에, 그 나이에도 핏줄이 다 배반을 하오?

샤일록 아니, 딸년이 내 핏줄이라는 뜻이오.

살레리오 하지만 당신의 살과 딸의 살은 검은 보석과 상
아보다 더 큰 차이가 있소. 당신의 피와 딸의 피만 하더
라도 적포도주와 백포도주 이상의 차이요. 그런데 안토

니오의 배가 난파당했다는 소문은 들었소?

샤일록   그것도 나로서는 큰 손해지. 파산자, 내 재산을 축낸 놈 같으니! 이젠 감히 거래소에 얼굴도 못 내밀 것 아닌가. 거지같은 놈이 얼마 전까지만 해도 제법 멋을 내고 거래소를 드나들었지만 그 증서나 잊지 말라지! 그놈이 내게 고리대금업자라고 불렀겠다. 흥, 그 증서나 잊지 말라고 해! 그놈은 예수쟁이의 친절이라며 돈을 거저 꿔 주고는 했지만 흥, 그 증서나 잊지 말라지!

살레리오   그런데 그 친구가 위약을 하더라도 그의 살을 위약금으로 받거나 하지는 않으실 테지요? 그 살을 무엇에 쓰겠소?

샤일록   미끼로 쓰지! 아무 쓸데가 없다 하더라도 내 복수는 되고말고! 그놈은 날 모욕하면서도 오십만 더커트의 이익을 볼 것을 막았어. 예전에도 내가 손해를 보면 비웃고 이익을 보면 조롱했지. 우리 동족을 멸시하고 내 거래를 방해했겠다. 친구들은 떼어 놓고 원수들을 충동질 시켰지. 대체 무슨 까닭으로? 내가 유태인이기 때문이지! 그래, 유태인은 눈이 없나? 유태인은 오장육부의

육체와 감각이, 감정과 정열이 없나? 똑같은 음식을 먹고 똑같은 연장에도 다치고, 같은 병에 걸리고 같은 약에 낫고, 똑같이 겨울은 춥고 여름은 더워. 어디가 예수쟁이들과 다르단 말인가! 찔려도 우린 피가 안 나나? 간질여도 우린 웃지 않는가?

다른 모든 것이 당신네들 법칙과 한가지라면 이 일에 있어서도 한가지일 것 아니오. 가령 유태인이 그리스도교도에게 모욕을 줬다고 칩시다. 그리스도교도의 법칙은 뭐겠소?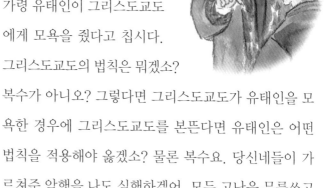

복수가 아니오? 그렇다면 그리스도교도가 유태인을 모욕한 경우에 그리스도교도를 본뜬다면 유태인은 어떤 법칙을 적용해야 옳겠소? 물론 복수요. 당신네들이 가르쳐준 악행을 나도 실행하겠어. 모든 고난을 무릅쓰고라도 그 교훈을 그 이상으로 철저히 실행하겠다고!

안토니오의 하인 등장.

하 인   두 분 나리, 저의 주인 안토니오님께서 돌아오셨는데 두 분을 뵙겠답니다.

살레리오   우리도 그 친구를 무척 찾아다녔다네.

튜발 등장.

솔라니오   유태 놈이 또 하나 오는군. 그런데 유태인 사이에서도 저놈을 당해낼 만한 유태 놈은 이 세상에 아무도 없다네. 악마가 유태인 탈이라도 쓰고 나타난다면 몰라도. (솔라니오, 살레리오 퇴장)

샤일록   여보게, 튜발. 제노바에서 무슨 소식이라도? 그래, 내 딸년은 찾았나?

튜 발   있을 만한 곳은 다 가봤지만 어디 찾을 수가 있어야지…….

샤일록   아이고, 우리 친족에게 이런 천벌이 내릴 줄은 정말 몰랐네그려. 게다가 다이아몬드 보석이 없어졌어. 프랑크푸르트에서 이천 더커트나 주고 산 다이아몬드 보석에다가 이 밖에도 갖가지 귀한 보석들이 없어졌다니까. 제기, 그년이 내 발목 아래에서 뒈져버려도 좋으니 보석들이나 그년 뒤에 남아 있으면……. 내 발목 아래에서 그년이 입관돼도 좋으니 돈이나 관 속에 들어 있으면…….

그래, 아무런 소식도 없다고? 원, 제기. 그년을 찾느라고 돈이 얼마나 들었는지 나도 모르겠어. 손해는 설상가상이로군. 도둑년 찾느라고 손해, 일도 마음대로 안 되고 분풀이도 못해서 손해. 불행이란 불행은 몽땅 내 어깨 위에 내려와 앉고, 한숨이란 한숨은 전부 내가 쉬는 한숨이고, 눈물이란 눈물은 모조리 내 눈에서 쏟아져 나오고…….

튜 발　아냐, 불행한 사람은 자네 말고도 또 있다네. 제노바에서 들은 얘기인데 안토니오가…….

샤일록　뭐, 아니, 뭐라고? 불행이 있었다고? 불행이?

튜 발　트리폴리스에서 돌아오는 길에 상선이 한 척 파선 당했다네.

샤일록　아이고, 고마워라, 고마워……. 그게 정말인가, 응?

튜 발 그 난파선에서 겨우
살아남은 선원 두세 명과 만
나서 얘기해 봤다네.

샤일록 고마우이. 튜발, 참 고
소한 소식이야, 고소한 소식!
하하, 그래, 어디서 들었나,
제노바에서?

튜 발 제노바에서 글쎄 자네 딸이 하룻밤에 팔십 더커
트를 썼대나.

샤일록 자넨 내 가슴을 칼로 후비는군. 그 돈은 영영 안
녕이군. 팔십 더커트나? 앉은 자리에서……, 팔십 더커
트나!

튜 발 베니스로 오는 길에 안토니오의 채권자 몇 명과
동행했는데, 그치는 이번에 파산을 면치 못할 거라고
다들 그러더군.

샤일록 그건 반갑군. 그놈, 욕을 좀 보이고 혼을 내 줘
야지. 아무튼 기쁜 일이야.

튜 발 그런데 그 채권자 중 한 사람이 내게 터키석 반

지를 보여주더군. 자네 딸에게 원숭이 한 마리를 주고 얻은 것이라나.

샤일록   망할 년 같으니⋯⋯. 여보게, 튜발. 제발 좀 날 그만 괴롭히게나. 그건 내 터키석 반지야. 그건 총각 시절에 리어한테서 받은 선물인데 나로서는 몇 천만 마리의 원숭이하고도 바꿀 수 없는 물건이라네.

튜 발   그런데 안토니오가 망하는 것만은 확실한 모양이야.

샤일록   그렇고말고, 그건 사실이야. 튜발, 자네가 관리를 한 명 매수해서 만기일 2주일 전부터 부탁해 두게. 위약만 해봐라. 그놈의 염통을 도려내지 않을까 보냐! 그놈만 베니스에서 사라지면 난 마음대로 대금업을 할 수 있게 될 것 아닌가. 어서 가보게, 튜발. 나중에 우리 예배당에서 만나세. 어서 가게, 튜발. 예배당에서네, 알았나! (두 사람 퇴장)

제3막 제2장

벨몬트. 포서의 저택 홀

바사니오, 포서, 그라시아노, 네리사, 이 밖에 시종과 하인들 등장.

포 셔 제발 서두르지 마시고 하루 이틀 묵으시면서 운명을 시험해 보세요, 네? 잘못 고르시면 당신과 곧 작별해야 되니 말예요. 그러니 잠시만 참으세요. 사랑인지 잘 모르지만 어쩐지 당신과 헤어지기 싫어요. 미움은 절대로 그런 조언을 하지 않을 거예요. 그래도 처녀의 마음은 생각뿐이지 표현을 잘 못해 당신께서 제 마음을 이해하지 못할까 염려가 되어요. 그러니 운명을 시험하시기 전에 저를 위해서라도 한두 달 이곳에 머물러 계시면 좋겠어요. 어떤 궤를 고르시라고 가르쳐 드릴 수도 있지만 그러면 제가 맹세를 깨뜨리게 되니 가르쳐 드릴 수는 없어요. 그렇다고 그냥 내버려두면 잘못 고를지도 모르죠. 그렇게 되면 맹세를 깨뜨렸더라면 좋았을 것을, 하며 어리석은 저를 탓하게 되는지도 몰라요.

아, 원망스러워라, 당신의 그 두 눈. 그 눈에 사로잡혀 제 마음은 두 조각이 났어요. 한 조각은 당신의 것, 다른 한 조각도 당신의 것…… 제 것이면서도 제 것은 역시 당신의 것. 그러니 결국은 제 마음 모두 당신의 것이에요. 아, 이 망측한 세상 좀 봐, 소유주의 정당한 권리를 가로막다니…… 그러기에 당신의 것도 당신의 것이 되지 못하고 있지요. 그렇게 되면……, 운명이 지옥에 떨어져야 해요, 제가 아니라요. 제 말이 너무 길었나요? 그렇지만 이것마저도 시간에 추를 달아 시간을 늘리고 질질 끌어서 궤 고르는 걸 지체시키고 싶은 마음에서예요.

바사니오   어서 고르게 해 주시오. 지금 심정으로는 고문
         대에 걸려 있는 것 같으니까요.

포   셔   고문대라고요, 바사니오님? 그렇다면 고백하세
         요. 당신의 사랑 속에 어떤 거짓이 섞여 있는지……

바사니오   거짓이라뇨? 나는 다만 당신의 사랑을 놓치지나
         않을까 하는 저 끔찍한 의혹밖에는 없습니다. 내 사랑
         에 거짓이 있다면 차가운 눈과 불이 사이좋게 지낼 수
         있을 것입니다.

포   셔   그렇지만 그 말씀은 고문대 위에서 하시는 것은
         아니군요. 고문대에 서면 무슨 말이나 다 하니까요.

바사니오   살려 주시겠다고만 약속해 주시오. 그러면 진실
         을 고백하리다.

포   셔   살려 드리겠으니 고백을 하세요.

바사니오   '고백하는데 당신을 사랑합니다.' 이것이 내가
         고백하고 싶은 전부입니다. 이 얼마나 행복한 고문이냐,
         고문하는 분이 구원될 방법을 가르쳐 주시다니……. 이
         제 운명의 궤를 고르게 해 주시오.

포   셔   그럼 가세요. 저 세 개의 궤 중에 제가 들어 있

어요. 진정으로 절 사랑하신다면 꼭 맞추실 거예요. 네리사, 그리고 다른 사람들도 저만큼 물러서라. 이분께서 궤를 고르시는 동안 음악을 들려 줘. 그래야 만약 실패하신대도 백조의 최후처럼 음악 속에 사라지실 게 아니냐. 좀더 절실하게 말한다면 나의 눈물이 강물이 되어 이분이 내 눈물 속에 빠져 죽을 것이 아니냐……. 성공할지도 모르지. 그때의 그 음악은 충성스러운 백성들이 새로 등극한 왕에게 절할 때 울리는 우렁찬 나팔소리 같지 않겠는가. 또는 결혼식 날 새벽, 꿈꾸는 신랑의 귓가에 살며시 찾아와 교회로 불러내는 저 달콤한 음악과도 같은 것 아니겠는가.

이제 고르러 나가시네. 트로이 왕이 아우성치는 바다의 괴물에게 바친 제물의 처녀를 구하러 간 젊은 허큘리즈 못지않게 용감하게 아니, 그보다 더한 애정을 가지고서……. 난 그 제물의 처녀, 그리고 눈물에 젖은 얼굴의 저 여자들은 승부의 결과를 보러 나온 트로이의 부인네들……. 가세요, 허큘리즈! 당신이 살아야만 저도 살아요. 승부를 겨루는 당신보다도 보고 있는 제 마음이 훨

씬 더 괴로워요. (음악. 그동안 바사니오는 궤를 보고 혼자 궁리한다.)

사랑이 자라는 곳 그 어디냐.
가슴속 깊은 데인가, 머릿속인가?
어떻게 생겨나 무엇으로 자라나?
대답을 해 다오, 대답을.
사랑이 자라는 곳, 사람의 눈 속.
눈 속에 자라지만 금방 죽어버리네.
누워 있는 요람 속에서…….
자, 치세, 딩, 동, 벨.
모두 딩, 동, 벨.

바사니오　그러니까 겉과 속이 전혀 다를 수도 있지…….
세상은 늘 겉치레에 속고만 있거든. 재판에서는 아무리
썩고 곪은 소송이라도 교묘한 말로 양념을 하면 악행의
표면이 가려지기도 하지. 종교를 보더라도 아무리 무서
운 이단설도 엄숙한 얼굴로 축복을 하고 성서를 인용하

여 증명을 하면 어떠한 모독이나 겉치레
도 아름답게 은폐되지 않던가. 아무리
하찮은 악덕이라도 겉보기에 그럴 듯
한 미덕을 포장하지. 모래로 쌓아올
린 계단과도 같이. 담력 약한 겁쟁이
들도 턱에는 허큘리즈 장사나 눈살
찌푸린 마르스 군신과 같은 수염을
달고 있지만 속을 들여다보면 간
덩이는 흰 우유와 같지. 이것들은
영웅인 체 무섭게 보이려는 겉치
레에 지나지 않아. 또 미인을 보더라도 저울의 무게로
매매가 되지 않느냐 말이다. 글쎄 여기서는 무게로도 기
적이 행해지기는 하지만 가장 무거운 화장을 하는 여자
일수록 가장 가벼운 여자란 말이야. 그렇지, 바람과 음
탕하게 희롱하는 저 뱀 같은 블론드의 이름난 미인의 곱
슬머리도 알고 보면 죽은 사람의 유물이지. 그 금발의
주인공이 해골이 되어 무덤에 누워 있는 일도 흔하지 않
은가.

그러니 허식이라는 건 사람을 마의 바다로 유인하는 가짜 해안이요, 인디언 여인의 얼굴을 가리는 아름다운 면사포이기도 하다. 요컨대 허식이라는 건 이 교활한 시대가 현자를 유혹하는 겉치레만의 진실이 아닌가. 그러므로 찬란한 황금, 욕심쟁이 마이더스 왕을 현혹케 한 황금은 내게 소용이 없다! 그리고 너, 창백한 얼굴을 하고서 사람과 사람 사이에 이간질을 하고 다니는 은도 마찬가지! 그러나 보잘것없는 납, 희망을 약속하기보다는 사람을 위협하는 것처럼 보여도 네 솔직함은 거창한 웅변보다도 내 마음을 움직이는구나. 자, 이것으로 하자! 부디 기쁜 결과가 있기를! (하인, 열쇠를 내준다.)

포 셔   (방백) 수많은 의심과 경솔하게 품은 절망이며 벌벌 떨리는 공포와 눈이 파래지는 질투 등, 감정이란 감정은 어쩌면 다 순식간에 공중으로 흩어져버릴까! 아, 내 사랑아. 좀 진정하고 흥분을 가라앉히렴. 기쁨의 비도 지나치지 않게 적당히 내려 다오, ─ 넘치는 행복에 견디지를 못하겠구나. 행복에 질리면 안 되니 적당하게 행복을 내려다오.

바사니오   (납궤를 연다.) 오, 이것은? 포셔의 초상이다! 신의 화필이 아니고서야 어떻게 이렇게까지! 눈동자가 움직이는 것인가? 아니, 내 눈동자에 비쳐 움직이는 듯이 보이는군! 살짝 벌어진 입술, 달콤한 향기에 벌려져 있구나. 이렇게도 다정한 두 입술은 향기로운 입김이라야 떼어 놓을 수 있겠지. 이 머리카락은 화가가 거미가 되어 황금의 그물을 쳐놓은 것 같다, 거미줄에 걸려드는 모기처럼 남자의 마음을 꽉 잡아 놓은 황금의 그물……. 그러나 무엇보다 이 눈! 이것을 그린 화가의 눈은 끝까지 멀쩡할 수 있었을까? 눈을 그린 화가는 두 눈의 시력을 잃고 더 이상 그림에는 손을 대지 못했을지도 모른다! 아무리 칭찬을 해도 말로서는 오히려 이 그림에게 모욕이 될 터인데, 이 초상화 역시 실물하고는 차이가 나지 않은가……. 여기 나의 모든 운명이 쓰인 두루마리가 있구나.

눈으로 고르지 않은 사람은
올바르게 고르므로 늘 행복하다.

이 행복 네 것이 되었으니
만족하고 새 것을 찾지 마라.
이제 이를 기뻐하고
이 행복을 하늘의 복으로 여긴다면
저 여인에게로 가서
사랑의 키스를 하고 구혼을 하라.

친절한 글귀로군. 그럼 아가씨, 이 글귀대로 드릴 것을
드리고 받을 것은 받겠습니다. 승부를 겨루던 사람이 잘
싸웠다고 생각하면서도 관중의 박수갈채와 환호성에 정
신이 아찔하여 폭풍 같은 칭찬이
과연 자기를 위한 것인지 한
참 동안 어리둥절해 하는
기분. 아가씨, 바로 지
금 제가 그렇습니다. 아
가씨의 확인과 서명과 조
인이 있기 전에는 눈앞의
모든 것이 얼떨떨하고 정신이 멍

할 뿐입니다.

포 셔   바사니오님, 저는 보시는 바와 같은 사람이에요. 그것도 저 혼자만을 생각한다면 더 이상 훌륭해지기를 바라지 않겠어요. 그러나 당신을 위해서라면 지금보다 삼십 배의 세 곱이나 더 훌륭한 인간, 천 배나 더 예쁜 여자, 만 배나 더 부자가 됐으면 좋겠어요. 오직 당신의 높은 칭송을 받고 싶어 덕이나 미나 재산이나 친구에 있어 지금보다 훨씬 더 훌륭한 인간이 되기를 원해요. 지금의 저로서는 아무것도 아니에요……. 한마디로 말씀드리면 교양도 학문도 경험도 부족한 여자예요. 그렇지만 다행인 것은 배우지 못할 만큼 나이를 먹지 않았다는 거지요. 그것보다도 더 다행인 것은 배우지 못할 정도로 미련한 여자는 아니라는 거예요. 그리고 무엇보다도 다행인 것은 제 온순한 성품으로 인해 모든 것을 당신에게 맡기고 당신을 저의 주인, 지배자, 왕으로 섬기며 당신의 가르침을 받을 수 있다는 거지요.

제 자신과 저의 재산은 모두 당신 것이 됐어요. 이때까지는 제가 이 집의 주인이고 하인들의 주인이며 저 스

스로의 여왕이었지만, 지금 이 순간부터는 이 집과 하인들이며 제 자신까지 모두 저의 주인이신 당신의 것이에요! 이 반지도 함께 드리겠어요. 하지만 만약 이걸 손에서 빼거나 잃어버리거나 남에게 주는 경우에는 당신의 사랑이 깨진 증거로 알겠어요. 그러니 그때는 저도 조용히 있지는 않겠어요.

바사니오　포셔, 나로서는 이제 더 이상 할 말이 없소. 다만 내 혈관 속의 뜨거운 피만이 당신께 고백하고 있소. 나는 온통 혼란에 빠져 있소. 마치 국민에게 경애 받는  국왕이 열변을 토하자 기뻐서 어쩔 바를 모르는 군중들에게서 볼 수 있는 그런 혼란이라고나 할까요. 낱낱으로는 표현의 뜻이 있지만 온통 뒤범벅되어 잘 들리지 않아 기쁨의 소리 말고는 무의미한 소리가 되는 그런 혼란 말이오.

어쨌든 이 반지가 내 손가락에서 떠나는 날에는 내 가슴에서 생명이 떠나는 날이오. 아, 그때는 서슴지 말고 이 바사니오는 죽었다고 말하시오.

네리사 나리, 그리고 아씨. 곁에서 두 분이 소원을 이루는 것을 여태 지켜보고만 있었지만 이제는 저희들도 축하의 말씀을 올려야겠어요. 축하합니다, 나리. 그리고 아씨!

그라시아노 바사니오, 그리고 상냥한 아가씨! 나 같은 사람이 축하할 말이 있겠소만 두 분께서는 마음껏 기쁨을 누리시오. 그리고 두 분께서 결혼 약속을 하게 되면 나도 결혼을 하게 해주게.

바사니오 좋다 뿐인가. 상대만 있다면.

그라시아노 고맙네. 덕분에 한 사람 찾았다네. 날쌔기로는 내 눈도 자네 눈에 못지 않지. 자네는 아가씨를 보고 있었고 난 시녀를 보고 있었어. 자네가 사랑에 넋이 빠져 있는 동안 나 역시 그러했었고. 자네처럼 나도 성미가 급해서 말이야. 자네의 운명이 저 궤들에 좌우되었다시피 사실 내 운명도 그랬었거든. 진땀을 빼며 구애를 하

여 입천장이 마를 정도로 사랑의 맹세를 해서
겨우 사랑의 약속을 — 이 약속이 오래갈는지
모르지만 — 이 아름다운 여인한테서 얻어
낸 것이라네. 자네가 아가씨의 궤를 잘 맞춰
냈을 경우라는 조건부로 말일세.

포 셔 그게 정말이니, 네리사?

네리사 예, 아가씨께서 허락해 주신다면…….

바사니오 그라시아노도 진심이겠지?

그라시아노 진정이다 뿐이겠나.

바사니오 그럼 우리들의 결혼 축하연은 자네들의 결혼으
로 더욱 빛나겠군.

그라시아노 (네리사에게) 우리 천 더커트를 걸고 누가 먼저 첫
아이를 낳는지 내기해 볼까?

네리사 어머, 지금 안으시려는 거예요?

그라시아노 물론이지. 그러지 않고서는 이 내기에 이길 수
가 없거든.

로렌조, 제시카, 살레리오 등장.

그라시아노   아니, 이게 누구야? 로렌조하고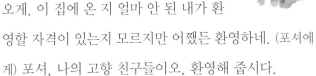
유태인 아가씨 아냐? 베니스에 있던 친
구 살레리오가 왔군.

바사니오   로렌조, 그리고 살레리오, 어서
오게. 이 집에 온 지 얼마 안 된 내가 환
영할 자격이 있는지 모르지만 어쨌든 환영하네. (포셔에
게) 포셔, 나의 고향 친구들이오, 환영해 줍시다.

포 셔   예, 저도 환영합니다. 참 잘 오셨어요.

로렌조   고맙습니다. 실은 바사니오 씨를 뵐 계획은 아
니었는데 공교롭게 도중에 살레리오 씨를 만나 기어이
같이 가자고 해서 이렇게 오게 됐지요.

살레리오   그렇게 됐어. 하지만 다 이유가 있지. 안토니오
가 이걸 전해 달라고 하더군. (바사니오에게 편지를 건네
준다.)

바사니오   내가 편지를 뜯기 전에 잠깐 얘기해 주게. 그 친
구는 요즘 어떻게 지내고 있나?

살레리오   병이 났다고는 할 수 없지만 마음이 편치 않으
니 별고 없다고는 할 수 없겠지. 아무튼 이 편지를 보면

요즘 그 친구의 형편을 알 수 있을 걸세. (바사니오, 편지를 뜯는다.)

그라시아노 네리사, 저쪽의 여자 손님 좀 부탁하오. (네리사는 제시카를 맞이하고 그라시아노는 살레리오를 맞는다.) 악수하세, 살레리오. 베니스의 형편은 어떤가? 무역 왕 안토니오는 어떻게 지내고 있나? 우리들의 성공담을 그 친구가 듣는다면 정말로 기뻐할 거야. 우리는 방금 그리스의 제이슨처럼 황금의 양모를 얻고야 말았으니.

살레리오 그러게 말이네. 그것이 안토니오가 잃은 황금의 양모라면 좋겠군.

포 셔 저 편지는 불길한 내용인가 보다, 저이의 얼굴빛이 저렇게 창백해지는 것을 보니. 친한 친구라도 죽은 걸까, 그렇지 않고서야 멀쩡하던 장부가 저렇게 기색이 달라지려고……. 세상에, 점점 더 나빠지는 것 같아. 이보세요, 저는 당신의 반쪽이에요. 그러니 저도 당연히 편지 내용을 절반은 알아야겠어요.

바사니오 아, 포셔. 여기 이 몇 마디 되지도 않은 말이 이처럼 불길하게 종이에 쓰인 적은 이전에는 한 번도 없

 었을 것이오. 포셔, 처음
에 내가 사랑을 고백
했을 때도 솔직히 말
했지만 내 혈관 속을
흐르는 피가 내 전 재산이요,
신사라는 것 다만 그것뿐이었소. 그건 사실이오. 그러
나 포셔, 무일푼이라고 했지만 실은 터무니없는 거짓말
이었소. 재산은 무일푼이 아니라 그 이하라고 말했어야
했소. 사실은 결혼 비용을 마련하느라 절친한 친구한테
서 빚을 냈지요. 그런데 그 돈은 그 친구의 불공대천지
원수에게서 빌린 돈이었소. 자, 이 편지를 보시오. 이 편
지의 한마디 한마디는 내 친구의 몸에 난 상처처럼 생
명의 피를 토하고 있구려.

그런데 정말인가, 살레리오? 그 친구의 사업이 모조리
실패했다는 말인가? 하나도 성공하지 못했단 말이야?
트리폴리스나 멕시코와 영국과 리즈번, 바바리, 인도 등
지에서 아무런 소식도 없단 말인가? 저 무서운 암초에
서 한 척도 피하지 못했단 말인가?

살레리오   그렇다네, 한 척도……. 어디 그뿐인가? 지금 당장 빚을 현금으로 갚는다 해도 그 유태 놈은 받지 않을 모양이네. 사람의 탈을 쓴 놈치고 그렇게 악의적으로 욕심 사납게 남을 망치려드는 놈은 처음 봤네. 글쎄 아침 저녁으로 공작님을 성가시게 졸라대면서 공정한 재판을 안 한다면 베니스의 자유가 어디 있느냐고 떠들고 다닌다나. 수많은 상인들이나 공작님과 여러 명사들이 아무리 달래 봐도, 벌금을 내라느니 증서대로 재판을 해 달라느니 하며 버티고서 그 잔인한 소청을 굽히지 않는다고 하더군.

제시카   제가 집에 있었을 때 얘기인데 아버지가 유태인인 튜발 씨와 츄즈 씨에게 이렇게 맹세하는 것을 들었어요. 빚 준 돈의  이십 배를 가져와도 받지 않고 기어이 안토니오의 살을 베겠다고 말예요. 그러니 법률이나 세력이나 관권으로

막아내지 않으면 안토니오님은 가엾게도 화를 입게 될
것 같아요.

포　셔　그렇게 궁지에 빠진 분이 당신의 친한 친구 분
이신가요?

바사니오　제일 친한 친구요. 선한 마음씨에 인품이 고결
하고 남을 위한 일이라면 힘든 줄을 모르는 사람이오.
그 사람이야말로 이탈리아의 누구보다 고대 로마 정신
을 이어받은 사람이라 해도 좋을 것이오.

포　셔　유태인한테 진 빚은 얼마나 되죠?

바사니오　삼천 더커트. 다 나 때문이오.

포　셔　겨우 그것뿐인가요? 육천 더커트를 지불하고 증
서를 말소시키지요. 아니, 그것의 두 배, 세 배를 지불
해서라도 그런 친구 분을 당신 때문에 머리카락 하나라
도 잃게 해서는 안 되지요. 무엇보다 우선 교회로 가서
절 아내로 승인해 주세요. 그러고 나서 당장 친구 분을
찾아 베니스로 떠나세요. 불안한 마음을 지니고 이 포
셔 곁에 누워서는 안 되니까요. 그까짓 빚쯤 이십 배라
도 갚을 수 있는 돈을 마련해 드릴게요. 다 청산하시거

든 그 친구 분을 모시고 오세요. 그동안 저와 네리사는 처녀나 과부처럼 지내지요.

어서 가세요. 결혼식이 끝나면 곧 떠나셔야 하니까요. 즐거운 얼굴로 친구 분들을 대접하세요. 비싼 대가를 치르고 겨우 제 사람이 된 당신이니 소중하게 모셔야죠. 그러면 그 친구 분한테서 온 편지를 좀 읽어 보세요.

바사니오   (읽는다.) '친애하는 바사니오. 나의 상선은 전부 파선되고 채권자들은 점점 더 박정해지며 사태는 극히 악화되고 있다네. 그리고 유태인에게 준 그 증서 역시 기한이 경과되었다네. 증서대로 채무를 이행해야 한다면 나는 도저히 살아날 길이 없으니, 죽기 전에 자네를 한번 만날 수 있다면 자네와 나 사이의 채무는 모두 청산되겠네. 그렇지만 자네 형편껏 하기 바라네. 만약 자네의 사랑이 내게 오는 것을 허락하지 않는다면 이 편지는 개의치 말게나.'

포 셔   세상에, 어서 일을 마치고 곧 떠나세요.

바사니오   떠나라는 당신의 허락을 얻었으니 빨리 떠나겠소. 그러나 다녀올 때까지는 그 어떤 침실에도 머무르지 않겠소. 어떤 휴식으로도 당신과 나와의 재회를 지체하지는 않겠소. (모두 퇴장)

제3막 제3장

샤일록의 집 앞 거리.
샤일록, 솔라니오, 안토니오, 간수 등장.

샤일록   이봐요, 간수. 이놈을 조심하시오. 이놈은 이자도 없이 마구 돈을 빌려 주는 바보 놈이니 내게 동정 따위를 말하지 마시오. 그러니 간수, 조심하우.

안토니오   이보시오, 샤일록 씨. 그러지 말고 내 말 좀 들어 주시오.

샤일록   난 증서대로 할 테니 증서에 위반되는 건 아무 말도 하지 말라니까! 난 맹세했어, 기어코 증서대로 하기로……. 아무 이유도 없이 너는 날 개라고 그랬지? 그러니 내가 개라면 내 이빨을 조심하란 말이야. 공작님께 공정한 재판을 해 달래야지. 제기, 망할 놈의 간수 같으니. 어쩌자고 멍청하게 이놈의 부탁을 들어 주어 이렇게 한길로 데리고 나왔담.

안토니오   제발 내 말 좀 들어 주시오.

샤일록   증서대로 하겠다니까! 네 말을 듣고 싶지 않아. 증서대로 할 테니까 입 닥쳐! 그래, 내가 그리스도교 녀석들의 중재에 넘어가 머리를 끄덕이고 마음이 풀려 한숨을 짓는 바보 멍청이인 줄 알아? 따라오지 말라니까! 말하고 싶지 않아. 증서대로만 할 테다! (퇴장)

솔라니오   개새끼 같으니, 악독한 개새끼 같으니.

안토니오   내버려두게, 아무리 애원해도 소용없으니 이제 그만 쫓아다니겠네. 그자는 나의 목숨이 목적이며 그 이유를 모르는 바도 아니네. 그자한테 진 빚에 몰려 사정

하는 채무자들을 도와준 일이 여러 번 있었네. 그래서 날 미워하는 거야.

솔라니오　공작님께서 설마 이 계약 위반에 유효 판결을 내리시지는 않겠지?.

안토니오　아냐, 공작님도 법의 정당성을 굽히실 수는 없지. 외국인들이 베니스에서 갖는 특권을 거부당해 보게, 이 나라 법은 크게 비난당할 게 아닌가. 더구나 베니스의 무역과 이권은 여러 민족들의 이해관계로 성립되어 있으니 말일세. 그러니 이만 가세. 파산이니 슬픔이니 해서 몸이 얼마나 말랐는지, 내일 그 잔인한 채권자에게 주어야 할 1파운드의 살조차도 붙어 있을 것 같지 않아……. 간수, 갑시다. 내일 채무를 갚기 전에 그저 바사니오나 한번 만났으면……, 그렇게만 된다면 내가 뭘 더 바라겠나?

(모두 퇴장)

제3막 제4장

벨몬트. 포서의 저택 홀.

포서, 네리사, 로렌조, 제시카, 포서의 하인 밸더자 등장.

로렌조 부인, 이렇게 면전에서 말씀드리기는 거북합니다만, 부인께서는 신성한 우정에 대하여 참으로 훌륭한 생각을 가지고 계십니다. 그것은 이렇게 바사니오님이 안 계실 때 부인의 태도를 보면 잘 알 수 있습니다. 이 호의가 누구를 위한 것이며, 이 구원을 받는 사람이 얼마나 훌륭한 신사이며, 그분이 나리와 얼마나 친한 친구인지 이런 것들을 아시게 된다면 세상의 관례와 다른 두 분의 특별한 우의에 부인께서도 한층 더 자랑스럽게 생각되실 것입니다.

포 셔 제가 좋아하는 일을 하고 후회한 적은 없어요. 이번에도 마찬가지예요. 평소 친한 친구라면 영혼이 우정의 구속으로 맺어져 있다고나 할까, 용모나 태도나 정신에도 반드시 공통점이 있는 법이에요. 이런 사실로 안토니오라는 분이 남편의 둘도 없는 친구시라니 그분은 틀림없이 남편과 흡사한 분이실 거예요. 그렇다면 제 생명과 같은 남편과 흡사한 분을 지옥의 참경에서 구해 드리기 위해 그까짓 비용쯤이 무슨 문제가 되겠어요? 그러고 보니 너무 제 자랑만 한 것 같네요. 이제 그만하지요.

그런데 로렌조 씨. 할 말이 있어요, 남편이 돌아오실 때까지 이 집의 가계와 관리를 좀 맡아 주세요. 사실은 저 혼자 맹세를 했어요. 저의 남편과 네리사의 남편이 돌아올 때까지 네리사와 함께 조용히 기도와 묵상의 날을 보내기로 말예요. 이곳에서 2마일 밖에

있는 수도원에 가서 당분간 지낼까 해요. 제발 거절하지 마세요, 네? 로렌조 씨를 믿고, 그리고 긴박한 사정이 있어서 부탁드리는 것이니까요.

로렌조 맡다 뿐입니까, 부인. 분부시라면 뭐든지 하겠습니다.

포 셔 하인들은 벌써 제 결심을 알고 있어요. 그러니 제 남편과 저 대신 당신과 제시카를 주인같이 섬길 거예요. 그럼 다시 뵐 때까지 안녕히……

로렌조 부디 안녕히 잘 다녀오십시오!

제시카 부인, 부디 잘 다녀오세요.

포 셔 고마워요, 당신들도 안녕히 계세요. 제시카, 잘 있어요! (제시카와 로렌조 퇴장) 그런데 밸더자, 지금껏 넌 성실했지만 앞으로도 더욱 잘해 다오. 그럼 있는 힘을 다하여 빨리 패듀어로 달려가서 사촌 오라버니 벨라리오 박사에게 이 편지를 꼭 전해 드려라. 박사님께서 서류와 의복을 주시거든 받아서 곧장 베니스로 가는 선착장으로 뛰어오너라. 여러 말 묻지 말고 어서 떠나. 난 한 발 앞서 가 있겠다.

밸더자　예, 아씨. 전력을 다해서 얼른 다녀오겠습니다.

(밸더자 퇴장)

포　셔　네리사, 이리 와 보렴. 네겐 아직 얘기 못했지만 묘안이 하나 있다. 우리 남편들을 만나 보자꾸나. 물론 저쪽에는 눈치 채지 않게 말이야!

네리사　눈치 채지 않게요?

포　셔　물론이지, 네리사. 그이들이 속아 넘어가도록 우리들이 가질 수 없는 것으로 변장을 하면 돼. 내기를 해도 좋지만 우리가 젊은 남자 복장을 하면 내가 더 미남으로 보일걸. 칼을 차도 내가 더 맵시 있고 산뜻할 거야. 어른과 소년 사이의 변성기처럼 갈대 피리 같은 음성으로 말을 하고, 걸을 때는 종종걸음이 아닌 사내처럼 큼직한 걸음으로 걷는단 말이야.

그뿐이냐, 결기 있는 청년처럼 큰소리 탕탕 치며 결투 얘기도 하고 교묘하게 이런 거짓말도 꾸며내는 거야. '실은 부인네들이 사랑을 고백해 왔지만 난 거절했어. 그랬더니 한 부인이 병이 나서 그만 죽고 말았지. 나로서는 어쩔 수 없는 일이었어. 그렇긴 해도 내가 잘못한

것 같아. 죽지 않을 수도 있었는데……' 이런 시시한 거짓말을 잔뜩 늘어놓는 거지. 그러면 사람들은 내가 수도원을 나온 지 1년은 넘었을 것이라고 단정을 할 게 아니냐. 이런 거짓말쟁이의 실없는 장난이라면 나도 얼마든지 알고 있지. 그걸 한번 써먹어 보자는 거야.

네리사   그럼 우린 남자 노릇을 하나요?

포 셔   그런 질문이 어디 있니, 누가 오해하면 어쩌려고! 아무튼 가자. 자세한 계획은 마차 안에서 얘기해 줄게. 대문 앞에 마차가 대기하고 있으니 빨리 가자. 오늘 안으로 이십 마일을 가야 하니까. (두 사람 퇴장)

제3막 제5장

포서의 저택 마당.

란슬럿트와 제시카 등장.

란슬럿트   정말 그렇습니다. 아버지의 죄는 자식이 물려받게 마련이니까요. 그러니 정말이지 아가씨는 위험하십니다. 전 언제나 아가씨께 숨김없이 말해 왔지만 지금도 이 문제를 신중하게 말씀드린 것입니다. 아가씨는 지옥행을 틀림없을 것 같으니 기운을 내세요. 그런데 지옥행이 피할 길이 하나 있긴 있습니다요. 떳떳하게 내세울 것은 못 됩니다만…….

제시카   어떤 방법인데?

란슬럿트   말하자면 아가씨는 아버지가 만든 자식이 아니라는, 그러니까 유태인의 딸이 아니라는 그런 소망 말입니다.

제시카   그건 분명히 떳떳치 못한 소망이구나. 그렇게 되면 우리 어머니의 죄 역시 내가 물려받아야 하지 않

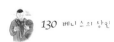

겠니?

란슬럿트　사실 그래서 걱정이죠. 아버지 쪽으로나 어머니 쪽으로나 어차피 지옥에 떨어지기 마련이니까요. 앞문의 늑대를 피하면 뒷문의 호랑이가 기다리고 있는 셈이죠. 아가씨는 엎으나 뒤집으나 매한가지입니다.

제시카　하지만 우리 그이가 날 도와주실 거야. 난 그이를 따라 그리스도교도로 개종하지 않았니?

란슬럿트　이거 한술 더 뜬 고약한 나리인뎁쇼. 안 그래도 예수쟁이들이 너무 많아요. 같이 살 수 없을 정도로 수가 많은데 또 예수쟁이들을 만들어 놓으면 돼지고기 값만 오르게요. 너도 나도 돼지고기를 먹어 봐요, 나중에는 돈을 아무리 줘도 베이컨 한 쪽 못 얻어먹게 될 테니까요.

로렌조 등장.

제시카　란슬럿트, 네가 방금 한 말을 그이에게 이를 테야. 그이가 저기 오시지 않니?

로렌조   이봐, 란슬럿트, 남의 아내를 그렇게 구석에 몰아 놓으면 얼마 안 가 나도 질투하게 될 거다.

제시카   아니에요. 그런 염려는 하실 필요가 없어요. 란슬럿트하고 싸우고 있었어요. 저것이 함부로 말하잖아요. 절더러 유태인의 딸이니 천당은 막혀 있다는 둥, 당신더러는 유태인을 예수쟁이로 만들어서 돼지고기 값만 올라가게 했으니 고얀 시민이라는 둥 말예요.

로렌조   저것이 검둥이 계집의 배를 불려 놓은 것에 비하면 그 정도쯤이야 사회에 대해 간단하게 변명이 되지. 애, 란슬럿트, 그 검둥이 계집의 배가 보통이 아니던데?

란슬럿트   그 검둥이 년의 배가 보통이 아니라면 그것이야말로 보통 일이 아닌데요. 그런데 그 검둥이 년이 그따위 수상한 짓을 했다면 뱃속까지 검은 년인뎁쇼.

로렌조   바보들은 입심도 좋군. 이러다가는 슬기로운 사람은 다 입을 다물고 앵

무새만 떠들어서 칭찬 받겠구나. 어서 들어가서 식사 준
비하라고 일러라.

란슬럿트　식사 준비는 다 되었습니다. 다들 허기져 있으
니까요.

　로렌조　넌 입씨름꾼이냐? 그럼 식탁을 준비하라고 일러
라.

란슬럿트　식탁도 준비해 놨습죠. 식탁에 가서 앉으시기만
하면 됩니다.

　로렌조　그럼 너도 앉겠단 말이냐?

란슬럿트　앉다니 천만의 말씀. 이래봬도 제 분수쯤은 알
고 있는 놈입니다.

　로렌조　요것 보게, 꼬박꼬박 말대답이군. 넌 가지고 있
는 재치를 모두 단번에 털어놓을 셈이냐? 제발 솔직한

사람의 말을 솔직한 귀로 들어 다오. 부엌에 가서 일러라, 식탁에 보를 깔고 음식을 차려 놓으라고. 곧 식사하러 들어갈 테니까.

란슬럿트　식탁을 준비하고 식탁보를 덮어놓게 하겠습니다. 두 분께서 드시러 오시는 건 맘 내키는 대로 하십쇼. (란슬럿트 퇴장)

로렌조　기가 막히는군. 어쩌면 그렇게도 입심이 좋을까. 바보 놈 머릿속에 괴상한 말을 산더미같이 집어넣고 있나보지. 그런데 세상에는 저놈보다 나으면서도 저놈과 똑같은 머리를 갖고 있어서 겉멋만 내느라고 말의 내용은 무시하는 바보도 얼마든지 있거든. 그런데 어때요, 제시카? 바사니오 씨의 부인이 마음에 드오?

제시카　드니 안 드니 정도가 아니에요. 바사니오님은 정말 올바른 생활을 하셔야 해요. 그렇게 훌륭한 부인을 만난 것은 이 세상에서 천국의 기쁨을 발견한 거나 마찬가지이니 올바른 생활을 하지 않

으면 당연히 천국에 가지 못할 거예요. 가령 천상의 두 신이 승부를 건 내기에 지상의 두 여자를 거는데 그중 하나가 포셔님이라면 다른 쪽 여자한테는 무엇이든 더 보태야 할 거예요. 빈약하고 조잡한 이 세상에 포셔님과 견줄 만한 여자는 없으니 말예요.

로렌조　아내로서 말이지? 남편감으로서는 바로 그런 남편을 당신이 얻은 거요.

제시카　뭐라고요? 그것 역시 제 의견을 들어 보셔야죠.

로렌조　곧 들어 보기로 하고 우선 들어가서 식사나 합시다.

제시카　싫어요, 당신 칭찬을 하게 두세요. 그게 더 구미가 당기니 말예요.

로렌조　아니오, 그런 구미는 식사를 들면서 부탁하오. 그렇게 하면 당신이 무슨 얘길 하든 다른 음식들과 함께 소화될 거요.

제시카　좋아요, 그럼 푸짐하게 칭찬해 드릴게요. (두 사람 퇴장)

베니스의 상인

제4막

제4막 제1장

베니스의 법정.

공작, 고관들, 안토니오, 바사니오, 그라시아노, 솔라니오, 관리, 서기, 기타 등장.

공 작　안토니오는 출두했는가?

안토니오　예, 여기 대령하고 있습니다.

공 작　참 안되었네. 자네에게 소송을 건 상대방은 목석 같은 인간, 인정이라고는 털끝만큼도 없는 자니 말일세.

안토니오　공작님께서 저자의 가혹한 청원을 완화시켜 보려고 애쓰셨다는 얘기는 저도 들었습니다. 하지만 그 사람은 원래 완고할 뿐 아니라 합법적으로는 도저히 그자

의 마수에서 벗어날 길이 없으니 이제는 그
의 발악에 인내심을 가지고 그저 조용하게
그자의 포악과 발광을 감수하기로 체념하고
있습니다.

공 작　누가 가서 그 유태인을 불러 들여라.

솔라니오　그자는 문 앞에 대령하고 있습니다.
아, 지금 들어오는군요.

샤일록 등장.

공 작　좀 비켜 주어라. 내 앞에 세워라. 샤일록, 자네
가 이 악의에 찬 태도를 고집하는 것은 이 시간까지이
고, 마지막 판결을 내릴 때가 되면 지금의 이 괴이한 잔
인성과는 반대로 자비와 연민을 보여줄 것으로 믿네. 지
금은 이 불쌍한 상인의 살 1파운드를 벌금으로 강요하
지만, 결국 이 벌금을 면해 줄 뿐 아니라 인간적 우정과
애정에 감동하여 원금의 일부까지도 감해 줄 것이라고
세상 사람들은 믿고 있다네.

대체로 무역계의 왕이라고 할 만한 저 상인이 최근에 입은 엄청난 손해를 동정의 눈길로 본다면, 쇠나 돌처럼 냉정한 마음을 가진 사람들이나 친절함 같은 것은 전혀 배우지 못한 인정머리 없는 터키인, 타타르인까지 지금 저 사람의 사정을 동정하지 않을 수 없을 것이네. 여보게, 샤일록. 우리들은 자네의 친절한 대답이 나오기를 기다리고 있네.

샤일록   내 생각은 이미 공작님께 말씀드린 그대로입니다. 그리고 증서대로 벌금을 받겠다는 것도 저희의 안식일에 두고 맹세한 사실입니다. 그래도 거절하신다면 공작님의 권위와 함께 이 도시의 법과 자유가 위태로워지지 않겠습니까? 아마 의아하실 테죠, 왜 내가 삼천 더커트를 마다하고서 기어코 더러운 살 1파운드를 요구하는지. 당장 설명은 하지 않겠습니다. 다만 내 기분 때문이라고 한다면 답변이 될까요? 예를 들어 저희 집에 쥐 한 마리가 돌아다녀 귀찮게 되었습니다. 그래서 내가 일만 더커트를 던져서 그 쥐를

깔려 죽게 했습니다. 어떻습니까? 이만하면 납득이 되십니까? 세상에는 통째로 구워 입이 딱 벌어진 돼지를 좋아하지 않는 사람도 있고, 고양이를 보면 미칠 것 같은 사람도 있으며 그리고 콧소리 같은 자루피리 소리만 들으면 오줌을 참지 못하는 사람도 있습니다. 감정의 동물인 사람의 성격이 제각각 기호를 결정하니 그런 것입니다.

그런데 아까 그 답변 말입니다만, 입이 벌어진 돼지를 왜 좋아하지 않을까요. 무해하면서도 유익한 고양이를 왜 싫어할까요. 천으로 싼 자루피리 소리만 들으면 어째서 견디지 못할까요. 여기에 대한 답변으로 이렇다 할 이유를 들 수는 없지요. 다만 자기도 성이 나고 남까지 성나게 할, 그리고 끝내는 치욕스러움을 피하려 하기 때문이라고나 할까요. 내가 안토니오를 상대로 이렇게 밑지는 소송을 일으킨 것도 따지고 보면 오래 묵은 원한과 증오심 때문이며 다른 이유를 말할 수도 없고 말하고 싶지도 않습니다. 이만하면 납득이 되십니까?

바사니오   에잇, 인정머리 없는 인간 같으니, 그런 대답이 어디 있어? 그걸로 네 잔인성이 변명이 될 줄 아느냐?

샤일록   나는 네 맘에 들 대답을 할 의무는 없다.

바사니오   자기가 싫다고 사람을 죽여도 좋단 말이냐?

샤일록   정말 미우면 죽이고 싶은 것이 사람 아니냐?

바사니오   마음에 안 든다고 처음부터 밉지는 않았을 것 아니냐!

샤일록   그래, 넌 독사한테 두 번씩이나 물려도 좋단 말이냐?

안토니오   여보게, 바사니오. 생각해 보게. 저런 유태인과 시비를 하느니 차라리 바닷가에 가서 만조의 밀물더러 밀려들지 말라고 하는 게 낫지. 늑대더러 왜 어린 양을 잡아먹어 어미 양을 울리느냐고 따지는 것이 낫지. 또 질풍에 흔들리는 산 위의 나뭇가지더러 흔들리지 마라, 소리 내지 마라 하는 것이 낫지. 저 유태인의 마음을 돌리려고 애를 쓰느니……. 이렇게도 지독한 사람은 세상에 둘도 없을 거네.

그러니 자네에게 부탁이네만, 이젠 더 이상 제안이나 손을 쓰는 일 없이 간편하게 판결을 보게 하고 이 유태인이 목적을 달성하기만을 바라겠네!

바사니오 자, 네 삼천 더커트 대신에 육천 더커트가 여기 있다.

샤일록 그 육천 더커트의 1더커트 1더커트가 여섯 조각이 나서 그 조각조각이 1더커트씩 된다 하더라도 받지 않겠다. 나는 증서대로만 하겠어.

공 작 남을 동정하지 않으면서 자네는 어떻게 신의 자비를 바라려고 하는가?

샤일록 내가 잘못이 없는 이상 무슨 판결이든 두렵지 않습니다. 당신네들 집에서는 노예를 많이 사서 나귀나 개나 노새처럼 천한 일에 혹사시키고 있소. 왜 그렇죠? 돈을 주고 샀으니까 그렇죠. 그런데 어떻습니까. 내가 당신들에게 노예를 해방시켜 당신네 외동딸과 결혼을 시키시오, 어째서 그렇게 무거운 짐을 지워 진땀을 빼게 하오, 그들의 잠자리도 당신네들처럼 안락하게 해 주시오, 이렇게 말한다면 뭐라고 하실 테요? '노예는 우리

것이니까!' 이렇게 대답을 하실 테지.

역시 마찬가지요. 내가 요구하는 살 1파운드는 아주 높은 대가를 치른 것이므로 그것을 거부하신다면 이 나라 법률은 휴지나 다름없고 베니스의 법령은 허수아비나 마찬가지죠. 나는 공정한 판결을 요구합니다. 어떻습니까, 판결해 주시겠습니까?

공 작　내 권한으로 이 법정을 폐정시킬 수도 있는 일이나 이 사건의 판결을 위하여 초청한 석학 벨라리오 박사가 오늘 도착하기로 되어 있네.

솔라니오　공작님, 패듀어에서 박사의 편지를 가지고 지금 막 도착한 사람이 문밖에서 기다리고 있습니다.

공 작　그 사람에게 편지를 이리 가져오라고 하게.

바사니오　여보게, 안토니오! 기운을 내게, 이 사람아, 차라리 내 살과 피와 뼈와 그 모든 것을 저 유태 놈에게 주고 말지, 자네가 나 때문에 피 한 방울이라도 흘려서야 되겠나.

안토니오 양 떼로 치면 난 그중에 병든 양이라고나 할까, 죽어도 할 수 없지. 과일 중에서도 가장 약한 놈이 먼저 떨어지지 않던가. 그러니 나를 그냥 두게. 바사니오, 자네는 할 일이 있네. 살아남아서 내 무덤에 비문이나 써 주게.

네리사가 변호사의 서기 복장을 하고 등장.

공 작 그대는 패듀어의 벨라리오 박사가 보낸 사람인가?

네리사 예, 공작님. 벨라리오 박사님의 안부 말씀이 있었습니다. (편지를 내준다.)

바사니오 넌 칼을 왜 그렇게 열심히 가는 거야?

샤일록 저 파산자한테서 벌금을 베어내려고!

그라시아노 이 지독한 유태 놈아, 네 신바닥에 칼을 가느니 돌 같은 네 마음에 대고 가는 게 나을 거다. 그렇지만 어떠한 연장도 아니, 사형집행인의 도끼도 너의 그 무서운 악의에 비하면 그보다 날카롭지 못할 것이다. 아무리 애원해도 네놈의 가슴에는 소용이 없단 말이냐?

샤일록 물론이지, 네놈의 머리에서 짜내는 애원은 소용 없다.

그라시아노 기가 막히는군. 이 잔인한 개 같은 놈! 너 같은 놈을 살려 두면 법이 욕을 본다! 네놈을 보고 있으려니 내 신앙까지 흔들린다. 피타고라스 말처럼 짐승의 영혼이 사람의 몸 속에 들어올 수 있다는 생각까지 하게 되는구나. 네놈의 그런 근성은 원래 늑대 속에 들어 있다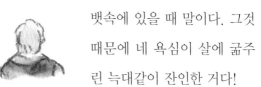가 사람을 잡아먹은 죄로 교수형을 당할 때 교수대에서 도망쳐 나와 그놈의 흉악한 영혼이 네 몸 속에 들어간 거지 뭐냐. 네가 더러운 네 어미 뱃속에 있을 때 말이다. 그것 때문에 네 욕심이 살에 굶주린 늑대같이 잔인한 거다!

샤일록 그렇게 욕을 한다고 증서의 도장이 지워질 줄 아느냐? 그렇게 고함만 지르다가는 네 목만 아프겠다. 젊은 사람이 그러지 말고 머리나 좀 써. 아주 못 쓰게 부서질라. 난 재판을 해 달라는 것뿐이야.

공　작　이 편지를 보면 벨라리오 박사는 박식한 청년 박사 한 사람을 이 법정에 추천한다고 되어 있는데 그분은 어디 있는가?

네리사　바로 이곳에 와 계신데 법정에 들어와도 괜찮은지 공작님의 지시를 기다리고 계십니다.

공　작　들어오다 뿐인가. 어서 가서 공손히 모셔오너라. 그동안 여기 계신 분들은 벨라리오 박사의 편지를 들어보시오.

(편지를 읽는다.) 공작님께 이 서한을 올리나이다. 공작님의 서한을 받았을 때 소생은 와병 중에 있었으며, 공작님의 사자가 도착했을 때 마침 로마의 청년 박사 밸더자 씨가 문병 차 소생을 방문 중에 있었습니다. 소생은 유태인과 상인 안토니오 간의 소송 내용을 박사에게 설명한 후 함께 많은 참고 서적을 조사하고 소생의 의견을 박사에게 충분히 피력한 바 있습니다. 이 젊은 박사의 학식은 소생의 추천 여부와 상관없이 박식한 바, 소생의 의견을 부언하고 소생의 대리로서 공작님의 청

에 응하고자 그곳에 방문하기로 하였습니다. 박사가 아직 연소하지만 두뇌는 명석하오니 연령을 이유로 박사의 평가에 지장이 없기를 바라나이다. 끝으로 박사를 환대해 주시옵기 바라오며, 소생이 추천한 근거는 미구에 결과를 보시면 판명될 것으로 확신하고 각필하나이다. 석학 벨라리오 박사의 서한 내용이오.

법학 박사 복장을 한 포셔 등장.

공 작 이분이 벨라리오 박사의 대리인인가 보오. 악수합시다. 벨라리오 박사한테서 오셨지요?

포 셔 예, 그렇습니다.

공 작 잘 오셨소. 자리에 앉으시오. 이 법정에서 현재 심의 중인 사건 내용은 이미 알고 계시겠지요?

포 셔 내용은 자세히 들었습니다. 그런데 어느 쪽이 상인이며 어느 쪽이 유태인입니까?

공 작 안토니오 그리고 샤일록, 두 사람 다 앞으로 나오게.

포 셔　당신 이름이 샤일록이오?

샤일록　예, 샤일록입니다.

포 셔　당신이 판결을 요구하

는 그 소송은 내용이 참 괴이하

기는 하나 위법성은 없으니 베

니스의 법률상으로 당신을 비

난할 수는 없소. 그렇다면 안토니오, 당신의 생사권이

저 사람 손에 달려 있단 말이지요?

안토니오　그런 것 같습니다.

포 셔　증서의 정당성은 인정합니까?

안토니오　예, 인정합니다.

포 셔　이런 소송이라면 유태인 쪽에서 자비심을 발휘

하셔야 되겠소.

샤일록　무슨 의리가 있어서 말입니까? 어디 그 이유나

좀 들어 봅시다.

포 셔　자비라는 것은 강요될 성질이 아니며 하늘에서

지상에 내려 주는 단비와도 같은 것이오. 자비는 많은

혜택이 있소. 첫째, 자비를 베푸는 사람에게 혜택이 가

고 자비를 받는 사람에게도 혜택이 있소. 자비야말로 권력자의 가장 위대한 미덕이라 할 것이며 군왕을 더욱 군왕답게 하는 것은 왕관보다 이 자비심이오. 군왕의 지위는 지상 권력의 상징이자 위엄의 표지로 불안과 공포를 의미할 뿐이오. 그렇지만 자비는 권력의 지배를 초월하여 군왕의 가슴속 옥좌에 있소. 말하자면 바로 하느님의 덕이라 하겠소. 따라서 자비로써 정의를 완화할 때 지상의 권력은 신의 권력에 가까워지는 것이오. 그러니 이봐요, 유태인. 당신의 주장이 비록 정의에 적합하기는 하지만 생각해 보시오. 사람들이 정의만 좇는다면 인간은 한 사람도 구원되지 못할 것이오. 우리는 하느님께 자비를 기원하지만 이 기원은 곧 우리들 이웃간에 자비를 베풀도록 가르치는 것이오. 내가 이렇게까지 말을 하는 이유는 정의에 대한 당신의 주장을 완화시키려는 것이지만, 당신이 계속 정의만을 고집한다면 베니스의 엄격한 법정은 여기 이 상인에게 불리한 판결을 내릴 수밖에 다른 도리가 없지요.

샤일록　내 행동의 결과는 내가 감수할 테니 어서 재판 이나 해 주시오. 증서대로 벌금을 받아야 하겠소.

포　셔　상인은 채무를 이행할 능력이 없는가요?

바사니오　아닙니다. 내가 대신 이행하겠다고 했습니다. 두 배를, 그것으로 부족하다면 열 배로 갚겠습니다. 내 손 과 머리와 심장을 담보로 해도 좋습니다. 그래도 부족 하다면 이건 분명히 악의가 있어서 그런 거라고밖에 볼 수 없습니다. 제발 재판관님 직권으로 한 번만 법을 굽 혀 이 악마 같은 놈의 요구를 물리쳐 주십시오.

포　셔　그건 안 될 말이오. 베니스의 어떤 권력으로도 기정 법령을 좌우할 수는 없는 일이오. 그런 전례를 만 들면 수많은 혼란이 발생하여 국가의 뿌리가 흔들릴 것 이오. 그러니 그것은 도저히 안 될 말이오.

샤일록　과연 명판관이십니다. 다니엘 같은 명판관이십 니다! 나이는 젊지만 참으로 현명하고 훌륭한 재판관이 십니다!

포　셔　그럼, 어디 그 증서를 좀 봅시다.

샤일록   이것입니다, 훌륭하신 박사님. 읽어 보시죠.

포　셔   (읽는다.) 이보시오, 샤일록. 그래도 증서 대신 원금의 세 배를 지불하겠다는데…….

샤일록   맹세, 맹세합니다. 난 하늘에 맹세를 했소. 내 영혼에 거짓 맹세를 할 수 있겠습니까? 베니스를 통째로 준대도 난 싫소이다.

포　셔   이 증서를 보면 분명히 기한이 지났군요. 그러므로 유태인은 증서에 명시된 바에 따라 상인의 심장에서 가장 가까운 곳의 살 1파운드를 베어낼 권리를 요구할 수 있겠군요. 그렇지만 당신이 자비심을 발휘하여 원금의 세 배의 돈을 받고 대신 이 증서는 찢어버리는 게 어떻겠소?

샤일록   찢는 것은 채무가 이행된 다음에 하지요. 보아하니 당신은 훌륭한 판관 같습니다. 법률에도 밝으시고 해석도 지극히 온당하십니다. 당신은 법의 기둥이십니다. 법에 의하여 부탁드리니 어서 판결을 내려 주십시오. 나의 영혼에 두고 맹세하지만 어느 누구도 내 마음을 돌리지는 못합니다. 어서 증서대로 해 주시기 바랍니다.

안토니오　저도 어서 판

결을 내려 주시길 간

절히 바랍니다.

포　셔　정 그렇다면

당신은 어쩔 수 없이

저 사람의 칼을 가슴에 받을 각오를 해야겠소.

샤일록　과연 명판관이다! 젊으신 분이 어쩌면 이렇게 훌

륭하실까!

포　셔　그야 이 증서대로 판결을 요구하는 것은 법의 취

지와 목적에 충분히 합당하니까요.

샤일록　정말 그렇습니다. 어쩌면 이렇게 현명하고 공정

하실까! 보기와는 달리 정말로 원숙하십니다!

포　셔　상인은 가슴을 여시오.

샤일록　예, 가슴입니다. 증서에 그렇게 씌어 있지 않습

니까, 판관님? '심장에서 가장 가까운 곳.' 그렇게 씌어

있죠.

포　셔　그렇소. 베어낸 살의 무게를 달 저울은 준비되

어 있소?

샤일록　예, 여기 있습니다. (외투 안에서 저울을 꺼낸다.)

포　셔　그럼 샤일록, 당신이 비용을 부담하여 의사를 부르시오. 출혈이 심해져서 죽으면 안 되니 상처를 치료하기 위해서요.

샤일록　증서에 그렇게 명시되어 있습니까?

포　셔　명시된 것은 아니지만 그렇게 하는 것이 어떻겠소? 그만한 자비쯤은 베풀어도 될 것 같은데요.

샤일록　하지만 그런 말은 증서에 없습니다.

포　셔　그건 맞소. 이보시오, 상인. 마지막으로 할 말은 없소?

안토니오　별로 없습니다. 여보게, 바사니오. 잘 있게! 자네 때문에 내가 이렇게 됐다고 해서 슬퍼하지 말게. 운명의 신은 나에게 친절한 셈이야. 보통 거지꼴이 된 사람을 오래 살게 두어 푹 꺼진 눈과 주름투성이의 얼굴로 말년의 고생을 맛보게 할 텐데, 나는 그렇게 오랜 시간 괴로움을 받는 벌은 면하게 되었으니 말일세. (둘은 포옹을 한다.)

부인께 안부 전해 주게. 내가 자네를 얼마나 사랑했는지도 말해 주고, 내가 자네에게 얼마나 진실한 친구였었는지 부인에게 판단해 보라고 하게나. 이 안토니오가 어떻게 당당하게 최후를 맞이했는지 전해 주게. 자네가 친구를 잃은 것을 진심으로 슬퍼해 준다면, 내 가슴이 저 유태인의 칼에 푸욱 찔려서 내 심장을 바쳐 자네의 부채를 대신 갚게 되는 것을 결코 후회하지 않겠네.

바사니오   여보게, 안토니오. 내가 얻은 아내는 내게 생명과도 같이 소중한 사람이라네. 그렇지만 그 생명도, 아내도 아니, 이 세상 어떤 것도 내게는 자네의 생명보다 소중하지는 않아. 자네를 구할 수만 있다면 나의 모든 것을 잃어도 좋아. 아니, 나의 모든 것을 저 악마에게 다 주어도 상관없네.

포 셔   이보시오, 당신 부인이 그 말을 듣는다면 그리 달갑게 생각하지는 않을 것 같군요.

그라시아노   저도 아내를 얻었지요. 그야 물론 아내를 사랑합니다만, 저 개 같은 유태 놈의 마음이 선해지도록 신에게 빌기 위해서라면 아내가 천당에 올라가기를 바랄 것입니다.

네리사   그런 말은 부인이 없는 데서나 하셔야지 괜히 가정불화 일으키겠소.

샤일록   (방백) 예수쟁이 남편 놈들은 다 저 모양이라니까! 나도 딸자식을 가졌지만 예수쟁이 놈보다는 차라리 바라바 같은 강도 놈이 그년의 남편이 되었더라면 좋았을 것 아닌가. (큰 소리로) 이건 쓸데없는 시간 낭비요. 얼른 판결이나 해 주십시오.

포 셔   저 상인의 살 1파운드는 당신의 것이오. 이는 법정이 승인하고 국법이 보장하는 바요.

샤일록   과연 공명정대한 판관이십니다!

포 셔   그러니 당신은 상인의 가슴에서 살 1파운드를 베어내야 하오. 국법이 이를 승인하고 당 법정이 이를 허락하오.

샤일록   과연 박식한 판관이시오! 이제 판결이 났어. 자!

각오해라! (칼을 빼들고 앞으로 나온다.)

포 셔   잠깐 기다리시오! 추가할 말이
있소. 이 증서에는 한 방울의 피도 당
신에게 준다는 말이 없소. 여기 쓰인
말은 분명히 '살 1파운드'요. 증서대
로 살 1파운드를 떼어 가시오. 그러나
상인의 피를 단 한 방울이라도 흘리
게 하면 당신의 토지와 재산은 베니
스의 국법에 의하여 몰수될 것이오.

그라시아노   오, 참으로 공정하신 판관이시다! 들었나, 이 유
태 놈아? 정말로 현명한 재판관이시오!

샤일록   이것이 법률이오?

포 셔   (법률서를 펼쳐 보이며) 당신 눈으로 법조문을 보
시오. 당신은 끝까지 정의를 고집했으니 당신이 요구하
는 이상의 정의를 관철시켜 주겠소.

그라시아노   과연 박식한 판관이시다! 이 유태 놈아! 정말로
박식한 판관이시다!

샤일록   그렇다면 아까의 제안대로 하겠으니 증서에 쓰

인 원금의 세 배를 받고 저 그리스도교도는 석방해 주십시오.

바사니오 이봐, 돈은 여기 있다!

포 셔 잠깐 기다리시오! 유태인에게는 오직 정의대로 하겠소. 서두르지 마시고 조용히 하시오, 증서에 쓰인 벌금 이외는 아무것도 줄 수 없소.

그라시아노 보아라, 이 나쁜 놈아. 참으로 공정하고 현명한 판결이 아니시냐!

포 셔 그러니 어서 살을 베어낼 준비를 하시오. 피는 한 방울도 흘려서는 아니 되오. 그리고 살도 꼭 1파운드를 베어내야지 많거나 적어도 안 되오. 1파운드보다 많거나 적거나 할 경우에는 설사 그것이 한 푼쭝의 이십분의 1이라는 근소한 차라 할지라도, 머리카락 한 올의 차이라도 저울이 기운다면 당신은 사형에 처할 것이며 당신의 전 재산은 몰수할 것이오.

그라시아노 과연 제2의 다니엘이시다! 다니엘과 같은 명판관이다. 야, 이 나쁜 유태 놈아! 맛이 어떠냐!

포 셔 유태인은 왜 망설이고 있소? 어서 벌금을 가져

가지 않고.

샤일록 원금만 돌려받고 가게 해 주십시오.

바사니오 돈은 여기 있다. 어서 받아라!

포 셔 저 사람은 이 법정에서 그것을 거절하지 않았소? 그러니 정의에 합당하게 증서대로만 주면 그만이오.

그라시아노 정말 다니엘 같은 분이시다. 제2의 다니엘이시다! 유태 놈아, 고맙다. 내게 좋은 말을 가르쳐 줘서.

샤일록 원금만이라도 받을 수 없을까요?

포 셔 증서에 적힌 것 이외는 절대로 안 되오. 그것도 당신 생명을 걸고 말이오.

샤일록 에잇, 제기랄! 더 이상 재판에는 응하지 않겠어!

포 셔 잠깐만, 법의 판결을 받을 일이 한 가지 더 있소. (법전을 읽는다.) 이 베니스의 법률에 의하면 외국인이 베니스 시민에 대하여 간접 또는 직접적인 수단을 써서 그 생명을 위협한 사실이 명백한

경우에는 범인의 재산의 반은 피해자가 될 뻔한 사람의 소유가 되고 나머지 반은 국고에 몰수되오. 동시에 범인의 생명은 오로지 공작님의 처분에 달려 있으며 어느 누구도 이에 간여할 수 없소. (법전을 덮는다.)

아시겠소? 지금 당신은 이와 같은 상태에 처해 있소. 왜냐하면 당신이 직접적으로나 간접적으로나 이 상인의 생명을 위협한 것이 명백한 증거에 의하여 분명하게 밝혀졌기 때문에 당신은 법조문에 해당하는 위험에 처해 있는 것이오. 그러니 당신은 어서 무릎을 꿇고 공작님의 자비를 바라야 할 것이오.

그라시아노   네 손으로 목매달아 죽게 해 달라고 청해 보시지! 그나마 국가에 재산을 몰수당하면 목을 맬 줄인들 살 돈이나 있겠나? 어쩔 수 없이 국가의 비용으로 교수형을 당할 수밖에 없겠구나.

공　작   우리의 정신이 그대들과 얼마나 다른가를 보여 주기 위해 생명만은 살려 주겠다. 다만 재산의 반은 안토니오의 것이 되며 나머지 반은 국가에 귀속될 것이다. 그러나 반성하는 기미가 보인다면 벌금형으로 감해질 수도 있다.

포 셔   예, 국가에 귀속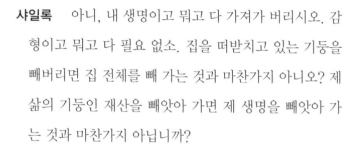
되는 절반은 그럴 수 있
습니다. 다만 안토니오의 몫은 별개입니다.

샤일록   아니, 내 생명이고 뭐고 다 가져가 버리시오. 감
형이고 뭐고 다 필요 없소. 집을 떠받치고 있는 기둥을
빼버리면 집 전체를 빼 가는 것과 마찬가지 아니오? 제
삶의 기둥인 재산을 빼앗아 가면 제 생명을 빼앗아 가
는 것과 마찬가지 아닙니까?

포 셔   안토니오, 당신은 저 사람에게 어느 정도의 자
비를 베풀 수 있겠소?

그라시아노   목을 맬 끈이나 하나 주고 그밖에는 아무것도 주
지 말게.

안토니오   공작님, 그리고 이 법정의 여러분. 국고에 귀속
될 저 사람의 재산의 절반은 벌금형이라도 면제해 주시
길 바랍니다. 그리고 절반의 재산은 제가 관리하고 있
다가 최근에 저 유태인의 딸을 훔쳐낸 그리스도교도에
게 양도할 수 있게 승인해 주십시오. 이런 자비에 대한

보답으로 첫째는 저 사람이 즉시 그리스도교로 개종을
할 것, 둘째는 자신의 유산 전부를 딸과 사위 로렌조에
게 양도한다는 증서를 이 법정에서 작성할 것, 이 두 가
지 조건을 요구하겠습니다.

공 작 그렇게 시키겠네. 만약 듣지 않으면 내가 아까
선처했던 말은 취소하겠네.

포 셔 유태인은 만족하오? 이의 없소?

샤일록 이의 없습니다.

포 셔 (네리사에게) 서기, 양도 증서를 작성하시오.

샤일록 저는 그만 물러가게 해 주십시오.
몸이 좋지 않아서요. 증서는 나중에 보
내 주시면 서명해 드리겠습니다.

공 작 그럼 가보게. 그러나 서명은 반
드시 이행해야 하네.

그라시아노 세례를 받으려면 두 명의 증인이 있어야 하는
데……. 내가 재판관이라면 너 같은 놈은 세례식에 데
려가지 않고 열 명을 더 불러 교수대로 끌고가겠다. (샤
일록 퇴장)

공　작　(포셔에게) 우리 집에 가서 식사나 같이 합시다.

포　셔　죄송합니다만 오늘 안으로 패듀어에 돌아가야 하기 때문에 지금 곧 떠나야 합니다.

공　작　그렇게 시간이 없으시니 참 안됐구려. 안토니오는 이분에게 큰 신세를 졌으니 충분히 답례를 하게. (공작, 고관들, 시종들, 퇴장.)

바사니오　정말 고맙습니다. 오늘 박사님의 덕택으로 저와 제 친구는 무서운 형벌을 면하게 되었습니다. 그 은혜를 보답하는 의미로 이 삼천 더커트를 드리겠습니다. 유태인에게 지불하기로 했던 원금입니다. 약소하지만 박사님의 수고에 대한 성의니 받아 주십시오.

안토니오　물론 이 이상 성심을 다해 박사님의 은혜에 영원히 보답해야 될 줄로 생각합니다.

포　셔　마음의 만족을 느끼면 그것으로 충분히 보답된 것이오. 나는 당신들을 구할 수 있어서 만족하고 있습니다. 그러니 이것으로 보답은 충분히 받았다고 생각합니다. 애초부터 그 이상의 보수를 바라지 않았던 사람입니다. 나중에 다시 뵙게 될 때 나를 몰라보지나 마십시오. 그럼 안녕히 계십시오. 이만 실례하겠습니다.

바사니오　실례를 무릅쓰고 떼를 쓰겠습니다. 저의 실례를 용서하시고 제 청을 거절하지 마십시오. 보수라고 생각하지 마시고 그저 성의의 표시로 기념이 될 만한 것이라도 받아 주십시오.

포　셔　그렇게까지 말씀하시니 고맙게 받겠습니다. (안토니오에게) 그럼 장갑을 주시오, 기념으로 하겠습니다. (바사니오에게) 그리고 당신에게는 그 반지를 받겠소. 그 이상은 받지 않을 테니 손을 그렇게 뒤로 빼지 마시오. 댁도 성의의 표시이니만큼 거절은 안 하실 테죠?

바사니오　이 반지를 말씀입니까? 실은 변변치 못한 것이라서……, 부끄럽게 이런 걸 드리고 싶지는 않습니다.

포　셔　그렇지만 그것이 아니면 받지 않겠습니다. 어쩐지 마음에 드는군요.

바사니오　실은 이 반지는 값이 문제가 아니라 깊은 사연

이 있어서요. 베니스에서 가장 비싼 반지를 구해드리겠습니다. 광고를 해서라도 찾아내겠습니다. 이 반지만은 제발 이해해 주십시오.

포 셔 당신은 말씀으로만 보답하시나 봅니다. 처음에는 내게 청하라고 하더니 이제는 청하는 사람이 어떤 꼴을 당하는지 보여 주시는 것 같군요.

바사니오 사실 이 반지는 아내한테서 받은 것입니다. 제 손에 이걸 끼워 주면서 절대로 남에게 주거나 팔거나 잃어버리거나 하지 않겠다는 맹세를 하게 했지요.

포 셔 남에게 주기가 아까울 때는 누구나 그런 변명을 하기 마련이죠. 당신 부인께서 정신 나간 부인이 아니라면, 그리고 내가 이 반지를 받을 만하다는 걸 인정하신다면 내가 이것을 갖는다고 해서 부인께서 당신을 원망하지는 않으실 것 같은데요. 그럼 안녕히 계시오! (포셔와 네리사 퇴장)

안토니오 이보게, 바사니오. 그 반지를 드리게나. 자네 부인과의 맹세도 맹세지만 저분의 공로와 나의 우정도 좀 생각해 주게.

바사니오   이봐, 그라시아노. 얼른 뒤쫓아가서 이 반지를
전해 드리게. 그리고 될 수 있으면 그분을 안토니오 집
으로 모시고 오게. 어서 가보게. (그라시아노 퇴장) 자, 우
리도 가지. 내일 아침 일찍 벨몬트로 떠나세. 가자구, 안
토니오. (모두 퇴장)

제4막 제2장

베니스의 법정 앞 큰길.

포서와 네리사 등장.

포   셔   네리사, 그 유태인의 집을 찾아가서 이 증서를
보여 주고 서명을 받아와. 이 증서를 보면 로렌조와 제
시카가 얼마나 기뻐할까. 남편들보다 우리가 한발 먼저
집에 도착하려면 오늘 밤에 출발해야 해.

그라시아노 등장.

그라시아노   박사님, 마침 잘 만났습니다. 실은 바사니오 씨
가 생각 끝에 이 반지를 드리면서 저녁 식사에 초대하
셨습니다.

포 셔   저녁 식사는 안 되겠지만 반지는 감사히 받는다
고 전해 주오. 그리고 수고스럽겠지만 저 청년을 샤일
록의 집으로 안내 좀 부탁하오.

그라시아노   예, 그렇게 하겠습니다.

네리사   저, 잠깐 드릴 말씀이 있습니
다. (포셔에게 방백) 저도 저이의 반지
를 빼앗아 보겠어요. 죽을 때까지 지
니라고 맹세한 반지를요.

포 셔   (네리사에게 방백) 틀림없이 뺏어낼 수 있을 거야.
반지를 친구에게 주었다고 둘러대겠지만 나중에 그이
들을 면목 없게 만들고 실토를 시키자꾸나. (큰 소리로)
어서 다녀오게. 내가 기다리는 곳은 알고 있겠지?

네리사   그럼 그 집으로 안내를 부탁하오. (모두 퇴장)

베니스의 상인

제5막

제5막 제1장

벨몬트. 포셔의 저택 앞 길.

로렌조와 제시카 등장.

로렌조 달빛이 참 밝군. 바로 이런 밤, 상쾌한 바람이 소리도 없이 나무들에게 고요히 키스를 하던 이런 밤이 아니었을까? 트로일로스가 트로이의 성벽을 올라가 아름다운 크레시다가 자고 있는 그리스의 진영을 향해 영혼의 탄식을 하던 밤은……

제시카 이런 밤이었을 거예요. 티스비가 두려움에 싸여 이슬을 밟으며 가다 연인을 보기도 전에 사자의 그림자에 겁을 먹고 달아난 밤은……

로렌조   이런 밤이었소. 여왕 디도가 버들가지를 들고 사
나운 물결이 밀어닥치는 바닷가에 서서 연인 아이네이
아스에게 카르타고로 돌아오라고 손짓을 한 밤은……

제시카   이런 밤이었을 거예요. 마녀 메데이아가 마법의
약으로 늙은 왕을 젊게 한다고 속여 죽게 한 밤이……

로렌조   이런 밤이었어. 제시카가 부유한 아버지네 집을
몰래 빠져나와 베니스를 버리고 가난한 애인과 벨몬트
까지 도망왔던 밤도.

제시카   이런 밤이었어요. 로렌조라는 젊은 청년이 그녀
를 깊이 사랑하겠다고 철석같이 한 맹세로 여자의 마음
을 빼앗아 갔던 밤도. 그런데 알고 보니 거짓말이었어요.

로렌조   이런 밤이었지. 저 귀여운 제시카가 말괄량이마 냥 연인을 마구 욕했지만 그가 다 용서를 해 준 밤도.

제사카   '이런 밤'을 말하는 시합이라면 나도 얼마든지 계속할 수 있어요. 그런데 누가 와요. 들어 보세요, 사람 발소리가 들려요.

스테파노 등장.

로렌조   고요한 밤에 그렇게 달려오는 사람은 누구요?

스테파노   포셔 집안 하인입니다.

로렌조   집안 하인? 이름을 말하게.

스테파노   스테파노입니다. 소식을 가져왔는뎁쇼. 아씨께 서 먼동이 트기 전에 벨몬트에 도착하신답니다. 아씨는 성스러운 십자가 앞을 지날 때마다 무릎을 꿇고 행복한 결혼 생활을 위해 기도를 올리신답니다.

로렌조   누구랑 같이 오시는가?

스테파노   수도사 한 분과 시녀 말고는 아무도 없어요. 그런데 나리께서는 아직 안 돌아오셨습니까?

로렌조   아직 안 돌아오셨네. 소식도 없으시고……. 제
시카, 우리는 안으로 들어가서 부인을 성대하게 맞이할
준비를 합시다.

란슬럿트 등장

란슬럿트   솔라, 솔라! 오, 하, 호, 솔라, 솔라!

로렌조   누구냐?

란슬럿트   솔라! 로렌조 나리 못 봤어요? 로렌조 나리요,
솔라! 솔라!

로렌조   소리 좀 그만 질러! 여기야!

란슬럿트   솔라! 어딥니까? 어디?

로렌조   여기라니까!

란슬럿트   로렌조 나리께 좀 전해 주십쇼. 주인 나리한테
서 심부름꾼이 왔습니다. 기쁜 소식을 뿔나팔 속에 잔
뜩 담아 가지구요. 나리는 아침까지 돌아오신답니다. (퇴
장)

로렌조   제시카, 우린 들어가서 주인 내외분이 오시는 것

을 기다립시다. 아냐, 들어가면 뭐 하겠소? 그럴 것 없이 이보게, 스테파노. 안에 들어가서 좀 전해 주게. 부인께서 금방 오신다고. 그리고 악대도 밖으로 내보내 주고. (스테파노, 안으로 들어간다.)

아름다운 달빛이 언덕에서 잠을 자고 있구나! 우리 여기 앉아서 흘러나오는 음악 소리나 들어 봅시다. 평온한 밤의 고요함은 감미로운 화음과 더욱 잘 어울릴 거야. 앉아요, 제시카. 저것 봐, 넓은 밤하늘에 온통 황금을 깔아 놓은 것만 같아요. 눈이 반짝이는 아기 천사들과 함께 음악에 맞추어 노래를 부르는 것 같소. 불멸한 영혼 속에는 다 저런 화음이 있지만 그 영혼은 썩어 없어지는 진흙과 같은 살에 쌓여 있어서 우리 귀에는 들리지 않는 것이오. (악대 등장) 여러분, 찬미의 음악으로 달의 여신을 깨워 보시오! 멋있고 오묘한 음악의 화음을 부인 귀에 울리게 하여 그 음악 소리에 이끌려 집으로 모시도록 해 보시오. (음악)

제시카   전 웬일인지 즐거운 음악만 들으면 슬퍼져요.

로렌조   그건 당신이 너무 긴장하고 있기 때문이오. 글
쎄 잘 들어 봐요. 사납게 뛰노는 짐승들이나 길들지 않
은 어린 망아지들은 미친 듯이 뛰어다니며 큰 소리로
울부짖지 않소? 그것은 곧 혈기왕성하기 때문이오. 그
러다가도 나팔 소리를 듣는다든가 음악 소리가 귀에 들
리기만 하면 그들은 일제히 멈춰 서고 그 사나운 눈까
지도 온순한 눈길로 변하고 말지. 이것이 감미로운 음
악의 힘이오. 그러기에 옛 시인이 전하는 말에 따르면
악성 오르페우스는 나무와 돌은 물론 강물까지 끌어당
겼다고 했지. 아무리 목석처럼 완고하고 광포한 사람이
라도 음악에 잠시나마 감동을 하지 않는 사람은 없으니
말이오. 마음속에 음악이 없는 사람, 감미로운 음악의
조화에 감동하지 않는 사람, 그런 사람은 배신, 음모,
강도밖에 못할 사람이지. 그런 자의 감정은 어두운 밤
과 같이 음침하고 황천길같이 컴컴한 사람이야. 그런
사람은 믿지 못할 사람이라오. 우리 조용히 음악을 들
읍시다.

포서와 네리사 등장.

포　셔　저기 저 불빛은 우리 집 홀의 불빛이구나. 저렇
게 작은 촛불이 어쩌면 이렇게 멀리까지 비칠까! 선행
도 이처럼 험악한 세상에 빛을 던져 주고 있을 테지.

네리사　달이 밝으면 저 촛불도 보이지 않죠.

포　셔　그것도 마찬가지야, 큰 영광이 작은 영광을 흐
리게 하는 거지. 왕이 없을 때는 대리자도 왕처럼 빛나
보이지만 왕이 나타나면 대리자의 위엄은 시냇물이 바
다로 삼켜지듯이 사라지게 마련이야. 음악 소리가?

네리사　아씨, 집 안에서 들려 오는 음악이에요.

포　셔　뭐든지 좋은 환경이라야 좋아 보이는구나. 낮보
다 훨씬 더 아름다운 음악 소리가 들리는 것 같으니.

네리사　밤에는 고요해서 그런 것이 아닐까요.

포　셔　곁에 아무도 없다면 까마귀 울음소리도 종달새
노래처럼 아름다울 수 있고 두견새라도 대낮에 거위 떼
들 떠드는 속에서 노래해서는 굴뚝새보다 나을 것이 없
지. 모든 것은 때와 장소가 조화로워야 정당한 칭찬을

받고 충분히 인정하게 마련이야. 쉿, 조용히! 달님은 아름다운 연인 엔디미온과 잠을 자는지 깨워도 일어날 것 같지 않구나.

로렌조 저건 틀림없는 부인의 목소리야. 내가 잘못 들었는지 모르겠지만.

포 셔 장님이 뻐꾹새의 흉한 울음소리를 알아듣듯 로렌조는 날 알아보는구나.

로렌조　부인, 안녕히 다녀오셨습니까?

포 셔　우리는 남편들이 무사하기를 기도드리고 왔어요. 기도 덕택으로 무사하시면 좋겠는데 두 분은 돌아오셨어요?

로렌조　아직 안 돌아오셨습니다. 그렇지만 곧 도착하신다는 기별이 있었습니다.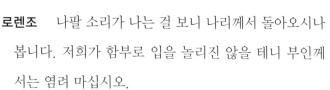

포 셔　네리사, 안으로 들어가서 하인들에게 일러둬. 우리가 집을 비운 것을 조금도 내색 말라고. 그리고 로렌조와 제시카도 아무 내색 하지 말아요. (나팔 소리)

로렌조　나팔 소리가 나는 걸 보니 나리께서 돌아오시나 봅니다. 저희가 함부로 입을 놀리진 않을 테니 부인께서는 염려 마십시오.

포 셔　오늘 밤은 창백한 낮과 같구나. 해님이 구름에 숨어버린 낮처럼.

바사니오, 안토니오, 그라시아노 그리고 하인들 등장.

바사니오　　해가 없어도 당신만 이렇게 있어 준다면 해가 지
　　구 반대편을 비추고 있을 때라도 이곳은 낮처럼 밝을 것
　　이오.

포　셔　　밝게 비추는 것은 좋지만 경박한 여자가 되기는
　　싫어요. 아내가 경박하면 남편은 침울해진다니 전 바사
　　니오님을 그렇게 해 주고 싶지는 않아요. 다 하느님 뜻
　　이긴 하지만……. 무사히 잘 다녀오셨어요?

바사니오　　잘 다녀왔소. 이 친구를 환영해 주시오. 내가 큰
　　신세를 진 친구 안토니오요.

포　셔　　어느 모로 보나 신세를 졌고말고요. 듣자니 친
　　구 분은 당신 때문에 목숨을 걸었다고요?

안토니오　　아닙니다. 목숨을 걸었다지만 이렇게 살아서 돌
　　아왔으니까요.

포　셔　　참 잘 오셨어요. 환영한다는 말로는 부족하니 인
　　사치레는 그만 하겠어요.

그라시아노　　(네리사에게) 저기 저 달에게 맹세하지만 당신은

너무 하오. 정말로 그 반지는 재
판관의 서기에게 주었다니까.
그걸 그렇게까지 분하게 생
각한다니 제길, 그걸 받은
그 사람이 고자라면 좋겠군.

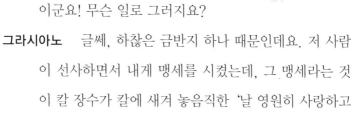

포 셔 아니, 벌써 부부 싸움
이군요! 무슨 일로 그러지요?

그라시아노 글쎄, 하찮은 금반지 하나 때문인데요. 저 사람
이 선사하면서 내게 맹세를 시켰는데, 그 맹세라는 것
이 칼 장수가 칼에 새겨 놓음직한 '날 영원히 사랑하고
버리지 마세요.' 랍니다.

네리사 맹세니 값이니 왜 따지는 거예요? 그걸 받으면
서 당신이 맹세하지 않았어요? 죽을 때까지 지니겠다고
요. 죽으면 무덤에 같이 묻어 달라고까지 하지 않았어
요? 그건 고사하고 당신의 그 열렬한 맹세를 위해서라
도 소중히 끼고 있어야 하실 것 아녜요! 재판관의 서기
에게 주셨다고요? 거짓말 마세요. 하느님도 아시겠지만
그따위 서기는 생전 가도 얼굴에 수염 하나 나지 않을

걸요?

그라시아노　아냐, 어른이 되면 수염이 날 거야.

네리사　그럴 테죠, 여자가 나이를 먹어서 사내로 변한다면야.

그라시아노　이 손에 걸고 맹세하지만 정말 어떤 청년에게 줬다니까 그래. 아직 앳되고 당신보다 키가 크지 않은 소년 같았어. 재판관의 서기란 청년이 어찌나 재잘대며 사례로 반지를 달라는지 차마 거절할 수가 있어야지.

포　셔　그건 그라시아노 씨가 나빠요. 솔직한 말이지만 아내가 처음으로 준 선물을 그렇게 손쉽게 줘버리다니요. 더구나 맹세에 맹세를 거듭하여 손가락에 끼었고 사랑에 의해 당신의 몸에 새겨진 게 아닌가요? 나도 남편에게 반지를 하나 선사하고 절대로 빼지 않겠다는 약속을 받았어요. 여기 남편이 계시지만 이분은 천하의 보배를 다 준대도 절대로 반지를 내놓거나 손가락에서 빼거나 하지는 않으실 거예요. 정말이지 그라시아노 씨, 부인한테 너무하셨어요. 나 같으면 미쳐버릴 거예요.

바사니오　(방백) 차라리 이 왼손을 잘라 버릴걸 그랬어. 그랬더라면 반지를 지키려다 손이 잘렸다고 말할 수 있었을 게 아닌가.

그라시아노 바사니오도 꼭 그것만을 갖고 싶다는 재판관에게 반지를 준걸요. 재판관은 반지를 받을 만했습니다. 그런데 서기라는 그 청년까지 다른 것은 아무것도 필요 없다고 하면서 내 반지를 달라고 졸라대지 않겠어요? 그야 그 청년도 기록을 하느라고 애는 썼지요.

포 셔 여보, 무슨 반지를 주셨어요? 설마 저한테서 받은 그 반지는 아니겠지요?

바사니오 실수에다 거짓말을 덧붙여도 괜찮다면 아니라고 부정해 보겠소만, 보다시피 손가락의 반지는 이미 없어졌소. 줘버렸소.

포 셔 거짓으로 가득 찬 당신의 마음속에 진실은 비어 있을 거예요. 하늘에 맹세코 그 반지를 다시 보기 전에는 당신과 잠자리에 들지 않겠어요.

네리사 저도 반지를 도로 찾기 전에는 그렇게 하겠어요.

바사니오 이봐요, 포셔. 그 반지를 누구에게 줬는지 그리고 무엇 때문에 줬는지 사정을 알게 되면 당신도 이해

할 것이오. 그 반지 말고는 아무것도 필요
없다고 해서 내가 얼마나 마지못해 줬
는지를 안다면 그렇게까지 분하지는 않
을 것이오.

포 셔 그 반지의 가치를, 반지를 선사한 여자의 가치
를 절반이라도 아신다면 그리고 그 반지를 간직하는 것
이 당신의 명예를 위하는 것임을 아신다면 반지를 그렇
게 쉽게 내주지는 않았을 거예요. 당신이 줄 수 없는 이
유를 간곡하게 말했다면 염치도 없이 남의 소중한 물건
을 억지로 졸라대는 그런 사람이 세상에 어디 있겠어요?
네리사 말이 옳은 것 같아요. 반지를 다른 여자에게 주
신 거죠?

바사니오 천만에! 내 명예를 두고 그리고 내 영혼을 두고
맹세하오. 내가 반지를 준 사람은 여자가 아니라 법학
박사로, 삼천 더커트를 준대도 거절하고 그분은 반지만
을 요구했소. 처음에 거절했더니 매우 괘씸해 하는 눈
치였소. 그분은 내 친구의 생명을 구해준 사람이오. 그
러니 내가 무슨 말을 할 수 있었겠소. 할 수 없이 사람

을 시켜서 반지를 보냈
지요. 나의 명예를 위해
서라도 배은망덕하다는
오명을 듣고 싶지 않았
었는데 죄송하고도 부
끄러워 괴로웠소. 그러

니 용서해 주오. 오늘 밤의 저 거룩한 촛
불을 두고 맹세하지만, 만약 당신이 그 자리에 있었더
라면 당신이 먼저 내 반지를 그 훌륭한 박사님에게 주
었을 것이오.

포 셔   그렇다면 그 박사님을 우리 집 근처에는 얼씬도
못하게 하세요. 제가 소중하게 생각하던 반지를, 당신
도 언제까지나 손가락에 끼고 있겠다고 맹세한 반지를
그분이 가지고 있으니, 저도 당신처럼 친절한 마음으로
제 것이라면 뭐든지 이 몸과 당신의 침실까지도 그분에
게 거절하지 않을 테니까요. 그분하고는 어쩐지 마음이
잘 맞을 것만 같아요. 그러니 하룻밤도 집을 비우지 마
시고 눈이 백 개 달린 아르고스처럼 저를 잘 감시하셔

야 해요. 그렇지 않고 절 혼자 내버려두면 아직까지 순결한 제 정조를 두고 하는 말이지만 전 그 박사님과 자겠어요.

네리사 저도 그 서기와 잘 테예요. 그러니까 당신도 저 혼자 내버려두지 않도록 조심하시는 게 좋을 거예요.

그라시아노 잘 테면 자라고! 대신 그 젊은 서기 녀석, 잡히기만 해봐라, 붓대를 꺾어놓고 말 테니까.

안토니오 불행히도 내가 이 모든 싸움의 원인입니다.

포 셔 아니에요, 그런 염려는 행여 마세요. 어쨌든 당신은 잘 오셨어요.

바사니오 포서, 내가 정말 잘못했소. 어쩔 수 없이 그렇게 된 거니까 용서해 주오. 이렇게 친구들 앞에서 맹세하겠소. 나를 비추는 당신의 아름다운 눈을 두고 맹세해도 좋소.

포 셔 그런 말을! 제 눈은 두 개니 제 눈 속에 비치는 당신도 둘이 아니겠어요, 한 눈에 하나씩. 그런 두 갈래의 마음에나 맹세하세요.

바사니오 그러지 말고 내 말 좀 들어 봐요. 이번만 용서해

주면 내 영혼에 걸고 한 맹세를 다시는 깨뜨리지 않을
테니까.

안토니오 나는 이 친구의 행복
을 위해 내 몸을 걸었습니
다. 그런데 이 친구의 반지
를 가져간 박사님이 아니었
다면 내 몸은 벌써 사라지고
말았을 것입니다. 그러니 한
번 더 내 영혼을 담보로 맹
세하겠습니다만 부인의 남
편은 두 번 다시 고의로 맹세를 깨뜨리지는 않을 것입
니다.

포　셔 그렇다면 안토니오 씨가 보증하시는 거죠? (자
기 손가락에서 반지를 빼서) 이걸 저이에게 주세요. 그리
고 이전 것보다 더 소중하게 간직하라고 일러 주세요.

안토니오 바사니오, 이 반지를 소중하게 간직하겠다고 맹
세하게.

바사니오 물론이지! 아니, 이건 내가 박사에게 드린 바로

그 반지로군!

포　셔　박사한테서 얻었어요. 미안해요. 이 반지를 두고 말하지만 전 그 박사하고 같이 지냈단 말이에요.

네리사　저도 미안해요, 그라시아노. 저도 간밤에 박사의 서기라는 그 청년과 같이 잤어요. 이 반지를 얻은 답례로 말예요.

그라시아노　아니, 이건 한여름에 멀쩡한 도로를 보수한 격이 아닌가! 그래, 남 모르게 오쟁이를 지다니?

포　셔　그렇게 상스러운 말은 하지 마세요. 여기 패듀어의 벨라리오 박사한테서 온 편지가 있으니 천천히 읽어 보세요. 편지를 보고 이 포셔가 박사였고 네리사가 서기였다는 것을 아시면 모두들 놀라실 거예요. 로렌조 씨가 증인으로서 우리는 당신들을 뒤따라갔다가 방금 막 돌아오는 길이었죠. 아직 집 안에 들어가지도 못했어요.

안토니오 씨, 오셔서 정말 기쁩니다. 안토니오 씨가 상상도 못하실 좋은 소식을 가지고 왔어요. 이 편지를 보세요. 당신의 상선 세 척이 화물을 가득 싣고 입항한다

고 하네요. 이 편지가 제 손에 들어온 경위는 묻지 말아
주세요.

안토니오　정말입니까? 놀라울 뿐입니다.

바사니오　당신이 박사였다는 것을 내가 몰라봤단 말이오?

그라시아노　그래, 날 오쟁이를 지게 한 서기가 바로 당신이
었소?

네리사　그래요. 그렇지만 서기가 그런 짓은 하지 않을
테니 안심하세요. 자라서 아예 사내가 된다면 모르지만.

바사니오　귀여운 박사님. 내가 집에 없을 때에는 제 아내
와 같이 자도 좋소.

안토니오　현명한 부인 덕택에 나는 생명과 재산을 되찾았
습니다. 이 편지를 보니 내 배들은 무사히 입항을 한 것
같군요.

포　셔　그런데 로렌조 씨. 서기가 당신께도 좋은 소식
을 갖고 왔어요.

네리사　그래요. 이번에는 사례도 필요 없이 그냥 드리
겠어요. 부자 유태인이 사후에 당신과 제시카에게 유산
전부를 양도한다는 특별 양도 증서예요.

로렌조   부인, 이건 하늘에서 굶주린 사람에게 먹을 것을 내려주신 거나 다름없습니다.

포　셔   벌써 새벽이군요. 안으로 들어가시죠. 여러분께서는 이번 일의 경위를 더 듣고 싶으실 거예요. 궁금한 것이 있으면 솔직하게 답변해 드리겠으니 뭐든지 물어보세요.

그라시아노   그렇게 합시다. 그러면 내가 먼저 네리사에게 맹세를 시키고 물어보겠소. 내일 밤까지 참을 것인지 날이 밝으려면 아직도 두어 시간이 있어야 하니 지금 당장 자러 갈 것인지 말이오. 지금 박사의 서기와 자러 간다면 날이 새더라도 캄캄하면 좋겠군. 그건 그렇고 앞으로 다른 염려는 없겠으나 다만 네리사의 반지를 평생 잘 간수할 수 있을지 그게 걱정스럽군요. (모두 퇴장)

셰익스피어

(William Shakespeare 1564~1616) 영국 시인 · 극작가.

　　셰익스피어는 1564년 엘리자베스 1세때 영국의 중부지방에 있는 워릭셔의 스트랫퍼드어폰에이번에서 태어났다. 아버지 존 셰익스피어는 피혁가공업과 농산물 · 모직물의 중개업을 하는 부유한 상인이며, 읍장으로 선출되었다. 셰익스피어는 유복한 가정의 장남으로서 유년시절을 행복하게 보내면서 마을의 문법학교에서 공부하였으나 13세 때 집안이 몰락하기 시작하여 대학에는 진학하지 못한다. 18세 때 8세 연상인 A. 해서웨이와 결혼하여 장녀 수잔나와 쌍둥이 남매 햄릿과 주디스를 낳았다. 그 후 런던의 극장에서 허드렛일과 시골학교 교사, 귀족의 심부름꾼으로 일하다가, 1592~1594년 2년간에 걸친 페스트로 인하여 극장 등이 폐쇄된 후부터 본격적인 극작활동에 들어간다.

　　30세가 된 1594년부터 궁내부장관(Lord Chamberlain) 극단에 소속되어 극작가로서 출발한다. 그 후 20여 년 간 전속극작가 및 무대의 배역까지 맡으며 극단 경영수업을 한다. 1599년 템스강 남쪽에 글로브극장(The Globe)을 신축하고 엘리자베스 여왕의 뒤를 이은 제임스 1세의 허락을 받아 극단명을 '임금님 극단(King's Men)'으로 개칭한다. 1613년 마지막 작품인 《헨리 8세》를 상연하는 도중 글로브극장이 화재로 소실된다. 1616년 4월 23일, 4대 비극 등 37편의 작품을 남기고 고향에서 52세의 나이로 사망하였다.

국어_과 선생님_이 뽑은

한국문학읽기
한국고전읽기
세계문학읽기